双葉文庫

ホームズは北海道で怪異を嗤う

太田紫織

contents

Holmes scoffs at the
monstrosity in Hokkaido.

by Shiori Ota

File 1　血色の研究

1

２０１４年に札幌医科大学で医師免許を取得した僕は、すでに医師として活躍する父の敷いたレールに背き、単身アメリカに渡った。

現地の臨床研修を2年務めた後、医療支援を行っている国際ＮＧＯ組織の活動に参加して1年、アフリカの紛争地帯で奮闘した。

父のように、すべてが事前に整えられた手術台で、あたかも神のように傲慢に振る舞うのが嫌だった僕が、やっと自分の手でつかみ取った場所である——はず、だった。

北海道は札幌市、東区29条東22丁目。

札幌自動車道——すなわち新道沿い、国道２７５線沿いにある5階建てのビルに、僕が引っ越してきて3ヶ月が過ぎた。

札幌駅がある中心部からは少し外れているが、車があれば特に不自由もなく暮らせる場所だ。近くには大型スーパーや大手家電店、ホームセンターやジムもある。

かつてはここ一帯がタマネギ畑だったという。

オニオングラタン色したこのビルは、1階2階は普通の賃貸マンションで、3階フロアは莫大な資料を有する倉庫兼オフィス。

4階5階はいわゆるBedsitタイプの部屋が3室ずつ。

Bedsitはリビングと寝室、キッチン、トイレは各部屋に、浴室だけ共用というスタイルだ。正確には、更に共用の大きなリビングと、設備の整ったキッチンがあるので、シェアハウスと言うべきなのかもしれない。

だから朝も早くから、リビングでホームズが愛犬相手に開く演奏会にも慣れた——まあ、予定より起きるのが30分近く早まったのは事実だが。

『私は家政婦さんじゃありません』と言いながらも、結局毎日食事の支度までしてくれるハドソン婦人と、朝食をダイニングテーブルに並べていると、1曲弾き終えて上機嫌なホームズが、愛犬トビーと一緒にやってきた。フォーンカラーのパグ犬だ。

「すみません、うるさかったですか?」

「いいや、全然。むしろ逆だよ。ただ音楽は詳しくないので、せっかくの名演奏を的確に褒められないのが申し訳ないくらいで」

「好きなものは、好きでいいと思いますけど」

お世辞ではなく、本当に好ましい演奏を褒めると、トビーを抱き上げた彼女が、ぱっと嬉しそうに表情を輝かせた。アーモンド型に見開かれた瞳は無邪気な色だ。

「ホームズ、食事の時は犬は下ろしなさい」

「でも」

茶碗に白米をよそうハドソン婦人にたしなめられ、ホームズは悲しそうな顔をした。

「パグ犬は食欲旺盛だから、むやみに食べ物を見せるのは可哀想だよ」

一番の心配は衛生面だったが――仕方ないので僕がそう付け加えると、渋々彼女は愛犬をケージにしまう。パグがブーブー不満げに鼻を鳴らした。

そんな愛犬の鼻息に、少し寂しそうに視線を向けつつも、テーブルに並んだ朝食を前に、再び笑顔になった。

彼女は無邪気だ。

16歳にしては幼く感じるほどに。

なにより基本の表情が笑顔なのだ。常に天真爛漫に世界を生きている。

彼女は、『北のミライ育英基金』の特待生だ。北海道の才能ある孤児を育てる育英基金。

弱冠6歳にして漢字検定準一級に合格という、未だに破られない最年少記録を保持し、スーパー幼稚園児や神童と言われた少女。

十で神童十五で才子二十過ぎては只の人――なんてことわざがあるが、現在16の彼女はどうなのか。

ハドソン婦人に頼んで、調べさせてもらった学校の成績は、あまりに極端だった。

地頭がいいのは、普段の会話から窺い知れるが、興味のない教科は本当に惨憺たる有様。同じ教科内でも、評価に差がありすぎるのに驚かされたので、それとなく本人に訊いたら、けろっとした表情で「そこ、なんだか面白くなかったんです」と返ってきた。

わからない、よりももっとタチの悪い理由だ。

そんな彼女が好きなのは、ヴァイオリン、犯罪学――そして、オカルト。

彼女はとにかく、超常現象が大好きだ。その知識量の多さに、尊敬の念を抱いている。同時に彼女は、興味のないことが自分の記憶の領域を侵すことを、極めて嫌っている。

医師という職業柄、象牙の塔の住人や、ミーミルの泉のほとりに立つ人間はごまんと見てきたが、彼女は中でも変わった少女だ。

彼女は日々国内外、ありとあらゆるその手のジャンルの本を読み、インターネットを巡回し、思いを巡らせている。

なにもかも盲信しているわけではないのが、せめてもの救いだろうか。

超常現象は、しばしば犯罪に結びつくこともあるので、彼女はとても慎重に情報を精査していた。彼女が犯罪に詳しいのも、おそらくそのためだろう。

不思議であれば、なんでもいいわけじゃない。

でもそれは、自分の身に起きていることが原因なのかもしれない。彼女にとって『超常現象』はリアルであって、絵空事ではないからだ。

「あれも弾いているのは君？　ええと、河邊《かわべ》さんの――」

「歌の翼に、ですか？」

「そう、それ。彼が好きな曲なのかな」

「…………」

何気なしに問いながら、炊きたての甘い白米の上に、朝一おろしたて刺激の強い山わさびを、醤油一垂らしで一口いこうとした僕は、急に黙り込んだホームズに気がついて、箸を下ろした。

歌の翼に――ドイツ・ロマン派の作曲家であり、ピアニストであるフェリックス・メンデルスゾーンの名曲だ。

クラシックには疎いので、知ったのは最近だが、彼もモーツァルトに匹敵する神童だったらしい。

音楽への圧倒的な記憶力を持っていたというから、この二人の天才には、なんらかの繋がりがあるのかもしれない。いや――正確には二人ではなく、三人の天才と言うべきか。

「入れ替わりのことを仰っているのでしたら、歌の好き嫌いではなく、ステージであの曲が演奏されていた時に、お二人が事故に遭われたからだと思われます。残念ながら何故、ということまでは、まだ解明できておらず、お答えできませんが」

僕の質問に困ったように黙ってしまったホームズの代わりに、ハドソン婦人が答えた。

ご飯をよそった茶碗をホームズに手渡し、うっかり指先についたご飯粒を口に運びながら、彼女はいつものポーカーフェイスで言った。

「そうだったんだ……ごめん。そういうことだとは思わなくて」

訊いてはいけないことだったのかもしれない。慌ててそう謝罪すると、ホームズは首を横に振った。

「いいえ、メンデルスゾーンが25歳の時に書いた曲です。ハイネの詩に乗せて作った曲なので、少し甘すぎる気がしますけれど、河邊さんもお好きな曲ですから、ワトソンが言うように、関係はあるかもしれないですね」

そうフォローするように、ホームズも言ってくれた。そんなことよりご飯を食べよう、そうにこにこ微笑んで。

「君はどんな曲が好きなの？」

「私ですか？」

卵かけご飯用の卵を割って、慎重にからざを取り除き、これでもかと白身を溶きながら――彼女は、白身がドゥルッとしたのが嫌いだ――僕の質問に、思案するように首をかしげた。

「本当は――好きなように、適当に弾くのが一番好きです。でも、河邊さんの体だと、なかなか思うように弾けないんですよね。私、音楽は魂で弾くんだと思ってたんですけど、それだけじゃないんですね」

そう言うと、ホームズは自分の手を見た。

16歳の可憐な少女の指ではなく、26歳の青年実業家の指を。

この部屋にいる、もう一人の天才——眉目秀麗、頭脳明晰、品行方正……賛辞の言葉が服を着て歩いているような、成功者の中の成功者。

そのまま青年——河邊鐵臣《かねおみ》氏の柔らかく短い巻き毛をかき上げ、ホームズがふ、と短く息を吐いた。河邊氏の肺と喉を使って。

1年と9ヶ月前、大通西6丁目で行われた音楽祭のさなかに起きた事故について、僕が知ることは少ない。

何故ならその頃僕はまだ、アフリカの紛争地帯で医師として働いていたからだ。

だからすべては、後から見た新聞記事によるものだ。

ステージ裏で待機していた子供たち、そして子供たちの支援者である、青年実業家の立つ列に飛び込んだ暴走車。

歩道の通行者と児童合わせ死者3名、意識不明の重体1名、重軽傷者多数の大事故で、河邊氏は一命は取り留めたものの、大怪我を負った。

だから今もその時の事故が原因で、人前に出ることを避けている——ということになっている。

でも現実は、もっと数奇だ。

「私はずっと頭のどこかで、幽霊とか心霊現象って、脳のエラーだって思ってたんです。人は極限状態で、しばしば神の存在を感じるんですよ。脳科学者のジョン・ガイガーが言うところの『サードマン現象』です。すべては右脳が自分を守るために作り出す幻影だと」

しっかりとかき混ぜ、表面にオレンジ色の泡が浮いた卵を、白飯にかけながら、ホームズが言った。最初の一口は、卵を存分に味わうために、味付けしないのがホームズのマイルールだ。

「でもこうやって、実際に自分が、こんなふうにまさに『心霊』のようになってしまうと、信じざるを得ませんね。まさに現実は小説より奇なり、です。まさか私の魂が、彼の体に入るだなんて」

ふふふ、と苦笑いして卵かけご飯を一口。

江別《えべつ》の卵直売所で買った、赤いくらいに鮮やかなオレンジ色の卵の黄身は、少しだけ僕の心もザワつかせる。

「お陰で私は今、誰よりも強く、超常現象の存在を信じています——だってまるで私が幽霊ですからね」

ふふふ、と自嘲気味というよりは、開き直ったようにホームズが笑った。

「そんなことない。少なくとも君の体はまだ死んでいないんだ。心配しなくてもいいよ、今にちゃんと自分の体に戻れるように、みんな手を尽くしているんだから」

「そうですけど……結局どの事件も、偽物ばっかりじゃないですか」

ふふ、と今度は本当にどこか自分を見下すように笑って、ホームズは卵かけご飯をすると口に運んだ。

残念ながら彼女の言うとおりだが、とはいえ、まだ諦めるには早すぎる。

すべては事故の一瞬に起きた。

河邊氏は、すんでのところを、ちょうど前に立っていたホームズによって救われ、彼女の肉体は意識不明の重体となった。以来、肉体の危機は脱しても、彼女の体は意識を取り戻すことなく、いまだに昏々と眠りについている。

そしてその魂は普段、河邊氏の中にある。河邊氏本人は、一日一度、メンデルスゾーンの『歌の翼に』を聞いた時だけ、数分間表に出られるだけだ。

一日のうち23時間と45分、その体は16歳の少女に支配されている。

引っ越してきてすぐの頃、ハドソン婦人に訊いたことがある。本当に普段の河邊氏は河邊氏ではなくホームズなのか。そのことを疑ったことはないのかと。

そんな僕の質問に、彼女は半笑いで——首を振った。『そんなはずありません』と。

ホームズと河邊氏は、あまりにも違うのだ。あまりにも馬鹿げてることだと、河邊氏のそばで働いてきた彼女は断言した。

二人には決定的に違う部分がいくつもある。たとえば河邊氏は音楽を聞くのは好きだが、いざ自分で演奏や歌唱ということになると……。

それに彼はラクト・ベジタリアン。つまり植物生食品と、乳製品しか食べない主義なのだそうだ。

卵かけご飯を味海苔で巻いて食べるなんて、河邊氏の食生活ではあり得ない。

まして今彼女が卵かけご飯にひとたらしした醤油も、大空《おおぞら》名産のしじみ醤油だ。

しじみの出汁がきいた少し甘めの醤油は、卵かけご飯によく合うけれど、菜食主義者には向かないだろう。

曖昧な性格だけでなく、そういった違いにホームズの存在を確認しているというハドソン婦人は、河邊氏の秘書として、なにより事故の時からずっと二人に寄り添って、その苦労や混乱を、一緒に乗り切っていた。

16歳の少女が、青年男性の体で生きることの困難。

そして16歳の少女に、体を預けなければならない苦難――河邊氏は数社を束ねる二代目実業家なのだ。

とはいえ、今はもうある程度、二人の生活は落ち着いている。

やっと、二人の人生は軌道に乗り始めたのだ。一日を過ごすことに余裕ができた今だからこそ、河邊氏とホームズは、自分の体を取り戻すために、本格的に動き始めた――とはいえ、八方塞がりなのだろう。

そういう二人のもどかしさは、僕自身の閉塞感や停滞感に似ていて、だからこそ、二人に協力したいと思い始めている自分に驚く。

自分のことにはこんなに目を背けたくなるのに、他人のこととなるとまた違うから不思議だ。

「確かにどの事件も、今のところ偽物ばかりだけれど、だからこそ、調べなきゃいけないのよ。少なくとも貴方と河邊社長が入れ替わっているのは本当のことなんだから、少しでも『本物』を見つけてデータを取って、そして二人が元に戻る方法を探さなくちゃ」まっすぐなショートボブをサラサラと揺らし、ハドソン婦人が言った。

鳩邑《はとむら》、という本名に反し、彼女は猛禽類のような抜け目なさと知性を感じさせる。

初めて会った時の、あの彼女のすらりとした背の高さと美脚を活かす、黒いパンツスーツはとても印象的だったけれど、同時にそれは強かさが形になった鎧のようでもあった。

もっとも、平和の象徴と謳われる鳩も、ああ見えて非常に闘争本能の強い鳥なのだが。

彼女は爽やかな香水の香りを漂わせ、姿勢良く『ツカツカ』と、そういう効果音が合いそうな足取りで、リビングに置いてあった3冊のファイルを取って戻ってきた。

「食べながらでいいわ、聞いてちょうだい……今回の依頼は、河邊社長の亡くなったお父様のお知り合いからよ。池田《いけだ》町役場にお勤めらしいのだけれど」

「北海道池田町って……ワインで有名な？」

急な仕事の話に、僕は椅子の上で姿勢を正した。

「ええそう。どうやらその十勝《とかち》管内の池田町で、吸血鬼による被害が起きているようです」

「吸血鬼？」

と、思わず、同時に声を上げる僕らに、ハドソン婦人が極めて冷静に頷いた。

「そうよ。酪農家の方から、困っていると、ホームズ超常科学研究所に依頼が来ました」

思わず驚きとともに復唱する僕に、鳩邑女史が極めて冷静に頷いた。

「きゅうけつき……じゃあ、その農場で亡くなられた方がいらっしゃるんですか？」

ホームズが問うた。

「ええ——人ではないけれど」

「どうやら、羊みたいですね」

食事もそこそこにファイルに目を通した僕が、更に付け加えると、ホームズはぱーっと頬を上気させた。

「つまり、家畜ですか？　それはＵＭＡの可能性大ですね！」

UMA、つまり未確認動物だ。存在するとまことしやかにささやかれながらも、まだエビデンスのない不確かな生物——たとえばネス湖のネッシーや、雪男のような。

「羊が数頭、血液のない状態で死んでいるのが発見されたんですって。経済動物ですし、原因がはっきりしないので、とても心配しているそうです」

「寄生虫や、野生動物が原因で死亡したわけではないと、そういうことでしょうか。ウィルスなどは？」

「ええ。獣医師の診断も受けた上で、『困っている』そうです」

喜びに打ち震える夏菜《なつな》ちゃんは申し訳ないけれど置いておいて、僕はハドソン婦人との会話に集中する。

ぱらぱらとファイルをめくると、確かに死んだ羊の解剖結果が記されていた。家畜は専門外だけれど、その所見に病理的な要因が見られないことは、僕でもわかった。

獣医師の診断結果は——原因不明。

奇妙なのは、確かに死んだ羊たちはみな、体内に血液がほとんど残っておらず、まるで放血した後のようだという。

確かに首に歯形のような深い傷跡はあるものの、それだけで失血死に至るとは思えない、小さな傷らしい。

「ただ亡くなっているだけなら、集団行動をする動物たちが、謎の集団自殺をするというケースは、世界的に何例もありますが？」

木製のさじで卵かけご飯をさらさら口に運びながら、ホームズが言った。

「いいや。解剖記録を見る限り、やっぱり失血死と考える方が良さそうだよ。他に目立った外傷はない」

「ええ。しかも1頭2頭ならともかく、短期間ですでに4頭被害に遭っている。まるで吸血鬼にでも襲われたようだって噂が立って、牧場主さんたちも困惑しているわ」

3頭目が犠牲になった時点で警察に被害届も出したが、状況は変わらない。それでどうしたものかと関係者は苦慮したあげく、その役場職員という男性が、僕らの研究所に依頼してきたらしい。

確かに原因がわからず、更に被害が続くのであれば、藁にもすがりたい思いだろう。

「元々前社長も、民俗学などにご興味があったそうで、その息子の河邊社長が開いた研究所なら、信用できそうだとご連絡くださったんです」

「へえ……そうなんですか」

「下の資料室の本も、3分の1は河邊さんのお父さんの本なんですよ！」

と、嬉しそうに、ぐいっと身を乗り出して言うと、ホームズはまるで我がことのように、フン、と鼻を鳴らした。

「というわけで。先方はいつでも来てほしいと言っているわ。他に取りかかっている案件がないなら、すぐにでも向かってちょうだい。ただ――」

　ダイニングの椅子の上で、ハドソン婦人が組んでいた膝を組みかえた。

「ただ、危険があるようならすぐ手を引いてちょうだいね。忘れないで、貴方は二人分なんだから」

　そう、それまでポーカーフェイスだったハドソン婦人が、ホームズを案じるように言う。

　確かになにがあるかわからない。吸血鬼だなんて――そもそも、本当にそんなものが存在するとは思えないが。

「また、よろしくね。危険もだけど、この子、すぐに周りが見えなくなるから」

「了解です」

　イエッサー、隊長。軽く敬礼すると、一瞬だけ彼女が眉間にしわを寄せた。わかっている、とはいえ僕もまだ、彼女の信用は薄いのだ。

　そりゃそうだ。随分よくなったとはいえ、僕はＰＴＳＤ持ちで、ここに来るまで1年近く家から出られなかった男だ。

　とはいえ、幸か不幸か、僕はある程度なら『非日常』に経験がある。

　帰国する前だって、銃を向けられたり、マチェットを持った男に追いかけられたこともある――思い出すと、呼吸が苦しくなるが。

　とはいえ、これから対峙しようとしているのは、吸血鬼だ。いや、実際は違うとしても、それに類似したモノか、似せたモノ。

本当に僕でなにか力になれるのだろうか？　という不安が、じわじわと頭をもたげた。

「あ、でも吸血鬼だったら、対処法はたくさんあるので大丈夫ですよ」

そんな不安を読み取ってか、慰めてくれるようにホームズが言ってくれた。対処法を知っていたとしても、実行するのはまた別だよ……と、思ったけど口にはできなかった。

「じゃあ、私は仕事に戻ります——ワトソン、なにかあったらすぐ連絡して」

そう言うと、ハドソン婦人は席を立った。彼女は普段、表に出られなくなった河邊氏の代理として、彼の会社を切り盛りしている。

河邊氏が絶大な信頼を寄せる完璧《ミス・パーフェクト》な女性は、毎日多忙を極めているのだ。

そんな彼女に代わって、ホームズと河邊氏の体を戻すため、超常現象の現場に立ち会い、その謎を解明する手伝いをするのが僕の役目だ。

とはいえ、その仕事の大半は、河邊氏の体だということを忘れて、暴走してしまいがちなホームズのお守り。これに尽きる。

こんな生活に戸惑いがないと言えば絶対に嘘になるが、それでも最近は慣れてきた。諦めがついたのかもしれない。

芝居がかったふうに呼び名を改め、耳を疑うような話を聞き、馬鹿らしい話に真剣に向きあう滑稽な日々を考えると、上手く言葉にできない焦りを覚えるが、焦りのない人生が想像がつかないのが僕の人生でもある。

いつだって、自分のいていい場所がわからない。それが僕だ。和戸一郎《わといちろう》――いや、ワトソン。

僕はジョン・ワトソン。

まったく馬鹿げているけれど。

2

ハドソン婦人が用意してくれた車は、非常に気分が良かった。

真っ赤な色のアストン・マーティン。

カーステレオから流れる、ベートーヴェンの喜びの歌を口ずさみながら、僕らは道東道をひた走った。

札幌生まれの僕は、道南函館の方にはわりと行く機会が多かったが、北海道の北の端っこと、東の端っこはあまり縁のない場所だった。

子供の頃に一度、家族旅行で摩周湖《ましゅうこ》と硫黄山《いおうざん》に行き、ゆで卵を買ってもらった記憶があるが、それ以外はあまり記憶にない。

ゆで卵のことを覚えているのは、それまで僕は火の通ったゆで卵の黄身が食べられなかったからだ。

硫黄の匂い立ちこめる活火山の、地熱を利用して作られたゆで卵が、びっくりするほどおいしかった思い出は、いまだに残っている。

でももしかしたら、単純に家族旅行が嬉しかっただけかもしれない。

名医として多忙な父との家族旅行なんて、まったく数えるほどしかなかった。

「私、十勝とか道東って、行くの初めてです」

流れる景色をうきうきと眺めながら、ホームズが言った。

「僕も2回目くらいかな」

そう答えて、ふと、ホームズは家族旅行をしたことがあるのだろうか？　と思った。彼女の両親については、ハドソン婦人は詳しく教えてくれなかったのだ。

別に彼女の保護者ぶるつもりはないが、とはいえ、無邪気な彼女にいろいろな体験をさせてみたいような、そんな衝動が湧き上がった。知識は本の中で読むだけじゃなく、実際に触れてみる方がずっといい。

「せめてもう少し時期が良かったらいいんだけどね」

十勝道東は、北海道でも雪の少ない地域だ。札幌生まれの僕には、想像がつかないくらい雪が降らない。けれどその代わり、札幌よりもずっとずっと寒いのだ。

だから4月の半ば、大気に春の匂いを感じるようになったとしても、まだまだあたりは冬枯れの色で、白黒灰色、茶色といった、面白みのない景色が続いている。

冬でもなく、春でもないこの時期は、オフシーズンといってもいいだろう。

唯一綺麗なのは青い空ぐらいだ。

「写真とか撮らなくていいの？ ＳＮＳとか」

「私、そういうのやってないんです。情報収集のために覗くことはありますが、情報量が無駄に多すぎます。不要な情報まで一方的に発信されているので」

ドアに頬杖をつきながら、ホームズが顔をしかめた。

「特に最近、自殺動画が流行ってるじゃありませんか」

「ああ……」

確かにここ半年、ＳＮＳや動画サイトで、自分の自殺シーンをＬＩＶＥ配信するのがブームだ。嫌なブームだ。

社会や人間関係の不満に対して、自らの死をもって抗議する彼らは、自らの死が拡散されることを望んでいる。

ホームズの言うとおり、自分の希望に反し、そういった動画が目に入る機会は、本当に増えた。そういう僕だってＳＮＳは熱心な方じゃない。

もともと一時は頻繁に書き込んでいたFacebookだって、我ながら無理していたように思う。

「生き死には、本人の自由ですけど、見たくない人に見せるのは悪趣味です」

「本人にとっては、大事な主張なのかもしれないけれどね」

「でもインパクトは確かに強いかもしれませんが、命をもってなにかをするのって、強制的だし、露悪的すぎます」

彼女の言いたいことはわかった。それに、僕だって自らを殺《あや》めることには否定的だ。というか、純粋に嫌だ。

自殺をはかって運ばれてきた患者の救命をするのが悲しい。必死に助けても、本人がそれを喜んでくれるかどうかはまた別なのだ。

処置が辛かったから、もう二度としない——そういう患者ならいい。でも次、もっとひどい状態で運ばれてきて、それを救えなかった時は、こんな僕でも神に祈りたくなってしまう。

けれど正論やモラルだけではどうにもできないのが、人の生きることと死ぬことだ。

人間は、心から芽生えた正義のために、人を殺せる。たとえそれが残虐な方法でも。自分自身であっても。

「そんなことより、こっちの方は本当に地面が平らなんですね。地平線が丸く見えます」

ホームズが、話を切り替えるように嬉しそうに言ったので、僕はほっとした。

「十勝平野というくらいだからね。日本のウクライナとも言うらしいけど」

「どうしてウクライナなんですか？」

「多分ウクライナが畑作で有名だからかな。ヨーロッパの穀倉なんて呼ばれているし」

「ふぅん」

わかったような、わからないような……という返事が戻ってきた。

北海道でもあまり見ないくらい、どこまでも広がる平野部は、春や夏になれば、田園畑のパッチワークが広がって、さぞ綺麗だろう。

異国のような風情を感じるのかもしれない——でも今は、残念ながら一面灰色だ。

「これから向かう池田町も、農業の盛んな町みたいだね。まあ、北海道は大体みんなそうだけど」

池田町は、北海道は中川郡《なかがわ》にある。

と、いっても、道民である僕もちょっとわかりにくい住所だ。地図を見ると、真ん中やや右よりの下の方。北海道の真ん中の下の出っ張りと、右側のでっぱりの、ちょうど間ぐらいのところだ。

池田町と聞くと、僕はまず第一にワインを思い出す。

北海道にはワイナリーがたくさんあるが、有名どころは小樽周辺のワイナリー『北海道ワイン』、昭和48年創業の『はこだてワイン』、そして十勝の大地で育まれた、池田町の『十勝ワイン』だ。

十勝ワインの代名詞といわれる『清見』は、多少酸味はあるものの、幅広く濃い味の料理に合うし、値段も比較的リーズナブルなので、僕も好んで飲んでいる。

池田町にはそんな十勝ワインの工場と、直売をしているワイン城があるというので、お土産がてらワインを買っていけたらいいと思った。

いや、そんなふうにでも気分を盛り上げないと、『吸血鬼』退治に行くなんて、こんな気が滅入ることなかったからだ。

そうして札幌から道東自動車道を利用し、慣れない借りものの高級車でおっかなびっくり4時間ほどかけて、僕らは池田町へとたどり着いた。

北海道らしい田園風景を進み、ネットでリサーチしたところ、おいしいと評判の讃岐うどん屋で簡単に昼食を済ませた。

こんなところで讃岐うどん？　とは思ったけれど、小麦どころ十勝らしく、もう純粋に麺から美味い。『硬い』ではなくちゃんと『こし』のある麺はツヤツヤ弾力があって、ツルツル、ムチムチ、蠱惑的《こわくてき》な歯ごたえとのどごしだ。

僕はワカメうどん、ホームズは散々悩んだ末に、かまたまにしていた。

ワインにうどん、これだけ満喫して、ただ観光だけして帰れたらいいのだが。

とはいえ、今日の目的は観光ではない。心地よい満腹感の中、僕らは待ち合わせの場所に向かった。

約束よりも10分ほど早かったが、くだんの池田ワイン城の、広い駐車場で待っていると、

5分ほどして1台のサクシードから降りた一人の男性が、僕らに気がつき、小走りに駆け寄る。

「河邊さん！ すみません、お忙しいでしょうに、こんな遠くまで……」

そう言われて、隣に立つホームズが、一瞬体を強《こわ》ばらせたのがわかった。

「こちらこそ、ご連絡ありがとうございました——ええと、馬上《まがみ》さん、でしたね」

仕方ないので、間に入り、用意していた名刺を手渡す。

今回の依頼者である馬上さんは、僕と、そしてホームズの分の名刺を見て、案の定、困惑の表情を見せた——そりゃ当然だ。真っ黒いケンラン紙に、黒く箔押しされた名刺には、『ホームズ超常科学研究所　所長 ホームズ』『研究助手 ワトソン』と書かれているのだ。我ながらどうかしている。

「あの……え……なんと、お呼びしたら……？」

至極当然のことながら、馬上さんは困ったように僕とホームズを見た。

年齢は50代くらい、少し寂しくなり始めた白髪交じりの頭髪を、気まずそうに撫でつけながらも、僕らに失礼のないようにと思ってか、努めて笑顔を浮かべていた。

よく日焼けした、人の良さそうな男性だ。これ以上困らせるのも忍びない。

「その……一応、こちらの仕事の時は偽名と言いますか、名刺の通りにお願いします。本業に響かないように、秘密裏にやっているんです。道楽というわけではないのですが、必ずしも万人に理解してもらえることではありませんので」

「ああ、それはそうですね……確かに私も最初驚きましたので……」

「あくまで普段の河邊とは別人と思っていただきたいです。かのコナン・ドイルも、学者であり、作家であり、同時に高名な心霊研究家《オカルティスト》だったんですよ」

こういう時必要なのは自信だ。それらしいことを専門用語混じりできっぱり言えば、相手はよくわからないながらも納得するのだ。

大事なのは相手と同じ目線で、まっすぐ目を合わせ、無意味に笑わないこと——医師として思えたテクニックだ。

案の定、若干（いや、かなり？）無理のある説明を、馬上さんは素直に信じてくれた。

いや、信じたフリかもしれないし、合わせてくれただけかもしれないが。

「それで、さっそくですが、お話を伺いたいのですが」

やっと面倒な自己紹介が終わったとばかりに、ホームズがいそいそ切り出した。

「吸血鬼が出ると、そういうお話ですよね？」

不安や恐怖ではなく、明らかに『わくわく』を押し殺した口調で言うホームズを、さりげなく肘で小突く。

「え、ええ……まあ、実際にそういうのがいるとは、思えないんですが……」

「まあ、いるかどうかは、調査してみればわかるかと思います」

不安そうな馬上さんに、ホームズは自信たっぷりに言った。

「彼らはしばしば痕跡を残しますから――たとえば最近、わんちゃんがやたら吠えたりしませんか？」

「わかりませんが……これから行く羊農場には、犬がたくさんいますんで。訊いてみるとわかるんじゃないでしょうか？」

「犬！ もしかして牧羊犬ですか⁉」

ホームズの顔が、ぱあぁ、と明るくなった。彼女は犬が大好きだ。いや、正確には動物全般が好きだ。

思わずもう一度肘で小突くと、彼女は少しむっとしたように僕を見た。

「なんですか？」

いやいや……なんですか？ じゃあない。

「それにしても、羊農家って、日本では珍しいですね」

そういう僕に、馬上さんは「ええ、そうなんです！」と嬉しそうに頷いた。

池田町の名産品はワインだ。

けれどワインだけでなく、さまざまな特産品があるそうだ。

中でも酪農の町として、乳製品だけでなく、幅広く畜産にも力を注いでいる。

養豚の他、乳牛だけでなく、肉牛。それも国内でも頭数の少ない褐毛和種《あかげわしゅ》――いわゆるあか牛。

池田牛と名付けられたあか牛は絶品ながら、出荷数は少なく、町内の一部店舗で取り扱っている他は、ほぼ道外の高級店に買い上げられていて、道内流通はわずからしい。

そしてもう一つの高級食材が羊だ。

ジンギスカンで有名な北海道だけれど、実際その羊肉は大半がオーストラリアやニュージーランド、高級なところでアイスランドからの輸入肉だ。

元々、羊毛のために育てられた羊の肉を、無駄にならないように、香辛料のきいた漬け汁でにおいを消して、食べ始めたのがジンギスカン文化の始まりだというけれど、今は北海道で羊の飼育数は多くない。

正直、食肉用の羊農家があるということ自体初めて知った。

「特に今は低脂質ということもあって、羊肉は人気がありますからね」

馬上さんが誇らしげに言った。

「でも、だったら余計、変死は困った話ですね」

もちろん、経済動物なのだから、高級肉でないとしても、家畜が死ぬのは由々しい事態だ。けれど高級肉ともなれば、当然高級になる所以があるだろう。たとえば飼育日数や、コストが高いとか。

「ええ、そうなんです。それに被害が羊から牛……万が一、人間ということになると」

「それは確かに不安になりますね」

被害が拡大するのは、更に恐ろしい事態だ。経済的な問題もあるが、理由がわからない以上、犠牲になるのが羊だけとは限らない。

「やっぱり、他にそれらしい理由はないんですか？ その、血がなくなる以外に」

伝染病とか……と、ホームズが問うた。

「いろいろ調べていますがね。まあ、詳しいことは現地で直接訊きましょう」

そう促され、のどかな田園風景を横目に、さっそく僕らは馬上さんと牧場へ向かった。

池田町郊外に位置する、広大な敷地を有する牧場は、池田町の観光名所としても有名で、コテージやレストランも隣接している。

今夜僕らの宿泊施設として用意してくれたのも、ここのコテージだ。

ついでに先にコテージに荷物と車を置いていくことにした。経営者の女性は、まだチェックインの時間よりも早いにもかかわらず、快く応対してくれた。

コテージといっても、設備はホテルのように整っていて、流行のグランピングを彷彿とさせる。

値段もなかなかリーズナブルなので、むしろ個人的に再訪したいと思った。そのためにも、吸血鬼事件は解決しなければ。

コテージを出ると、僕はカメラを、ホームズはなにやら黒いバッグを持っていた。

女性が持つには少し仰々しく、愛想のないいわゆるダレスバッグ――医者鞄だ。もっとも、体は河邊氏のものなので、似合わないわけではない。

とはいえなかなか重そうだ。実際に持っている体が河邊氏だとしてもだ。

今日もぱりっと仕立てのいいブラウンのスーツ――もっとも、これはハドソン婦人が準備したものだが――に、冗談のつもりと思いきや、悔しいほどに似合っているフロックコートという出で立ちの彼（彼女）に、重たい荷物は似合わない。

思わず、持とうか？ と声をかけると、「平気です」と返ってきた。

「一応、吸血鬼狩り用の七つ道具を用意しました。まあ、実際は七つ以上入ってるんですけど。ちゃんと慣例に倣って黒いバッグで」

「七つ道具って……十字架とか？」

「ええもちろん。私は十字架を信仰しているわけじゃないので、効果は不明ですが。あとは一応、ナナカマドで作った杭や槌、鏡や鉄首輪とかです」

「へえ……じゃあニンニクも？」

「はい。ニンニクは吸血鬼に限らず、厭がるモノが多いので」

軽く茶化したつもりで訊いたのだが、至極真面目に答えられて、逆に戸惑った。

「後はナイフと、手錠と、ロープ、鋸《のこぎり》、小さいバール……」

指折り数える内容が、段々物騒だ。

「ちょ……急になんだか物々しいね」

「だって、相手は怪人で、死体ですから」

「だからって職務質問されたら即アウトだから、持ち運びには気をつけようか……」

暗にコテージに置いていくように言った。けれど「なにかあった時に困ります」と、ホームズは鞄を抱きしめ、断固譲らない。

むしろなにかあった時困るから、置いていってほしいんだけど……。

とはいえ、外で僕らを待ってくれている馬上さんに、これ以上迷惑はかけられないので、仕方なく僕らはコテージを後にした。

3

牧場は、コテージから歩いて数分のところにあった。

背の高い針葉樹に囲まれた、とても雰囲気の良い場所で、しっぽのフサフサしたエゾリスが、木の枝を渡り歩いて駆けていくのを見たホームズが、嬉しそうに笑う。

それを見て、馬上さんはやっぱり困惑しているようだった。

そりゃそうだ。確かに今のホームズは、年不相応に無邪気すぎるのだ。

「ええと……先入観を持ってしまうと、いろいろなことが見えなくなると言って、実は彼はこの仕事の時は、いつも自分に催眠術をかけているんです」

「催眠術……ですか」

「ええ、自己暗示と言いますか。とにかく、普段の彼とは別の視点でなければ、超常現象の研究は難しいので」

言っている自分でも、内心笑ってしまいそうなことを、もっともらしい言葉で真面目に伝えると、馬上さんは驚きながらも、「そうなんですか……」と一応は納得してくれた。

「こういった事象には、常に第三の視点が必要なんです」

それにそもそも吸血鬼を調べに来ているという、異様な状況なのだから、このぐらいとんでもない話の方が、逆に妙な説得力を持っている気がする。

嘘をつくことに罪悪感も覚えなくはないが、実害のないことなら問題ないだろうと割切った。僕はこういうことに如才がない。

僕らに求められていることは、この吸血鬼事件を調べることで、ホームズたちの希望は、実在する超常現象を調査して、自分たちの体を取り戻す方法を探すことだ。

そして二人がそれぞれの体に戻った後、ちゃんと今まで通りに暮らせなければならない。

もっとも、両親に言わせれば、この『言い訳の上手い』ところが、僕の最大の欠点なのだそうだが。

頭を悩ませている僕を尻目に、ホームズは広い牧場に放牧された羊と、まるでパトロールするような白黒の中型犬を見つけ、嬉しそうにまた走って行った。

「ホームズ！ スーツが！」

ワークドッグにふさわしい汚れのついた犬を、無邪気に撫で始めたホームズの奔放さに、僕もいささか不安になった。

案の定、牧羊犬はしゃがみ込んだホームズの膝に手をかけ、喉を反らすようにして、存分に撫でられていた。

膝にはしっかり肉球の跡が付いただろう……ハドソン婦人に大目玉を食らうぞ？

「かわいいですね」

馬上さんが牧場主を呼びに行くと言ってくれたので、大きな犬があまり得意ではない僕は、逆におっかなびっくりホームズに近づいて、その横に立った。

牧柵の向こう、白い体に黒い顔をした羊たちが、おいしそうに牧草を食《は》んでいる。

「あ！ すごい！ 見てください！ ニュージーランドハンタウェイですよ！」

そんな羊の群れの中に、茶色い見慣れない犬を見つけて、ホームズが笑う。

レア犬種ですよ！ と教えてくれる笑顔は嫌いじゃないが、無防備すぎて不安になる。

「ホームズ……僕たちは仕事に来たんだよ？」

「わかってますよ？」

それがなにか？ と、ホームズが首をかしげた。

「少しは、事件のことを考えなくて――」

「データが足りません。判断材料が集まらないうちから、推理しても意味がありません」

「でも」

「では逆にお伺いしますが、ワトソンは一口に『吸血鬼』と言って、その吸血鬼が、この世にどれだけいるとお思いですか？」

「え？」

「国内外、血を吸う怪物は100や200ではききません。vampireという単語の語源ですら、はっきりしないくらい昔から、人間の近くにいる怪物なんです。血を吸うと言っても、その吸い方や何故吸うかだってさまざまです。だから現場の状況など、データを一つずつ拾い集めて、いったいなんの仕業か特定します。お医者さんだってそうじゃないんですか？　実際の患者さんの症状を見て、なんの病気か調べるでしょう？」

「それは……確かにそうだね」

　脳天気にふわふわしてると思っていたホームズが、じっと僕の目を見据えて言った。

　河邊氏と僕の身長はほとんど変わらない。同じ目線でそんなふうに言われると、僕は途端に言葉が出なくなった。

「私だって同じです。見てみないとわかんないです。ワトソンにたくさんの病気や怪我の知識があるように、私の中にだって吸血鬼やUMAのデータがいっぱい詰まってます」

　自分のこめかみを指さし、挑むようにホームズは僕を見て、そしてすぐにまた牧羊犬に向き合った。

「見てください、この牧羊犬は朗らかで、楽しそうです。吸血鬼はしばしば、環境を害し、命持つものらを害します。犬は群れに生きる生き物です。そういった変化に敏感に反応します」

「じゃあ……」

「ええ。もし非常に危険で異常な状況であれば、犬は警戒心を高め、こんなに穏やかな表情はしていないでしょう。だから少なくとも、今吸血鬼はこの近くにいないか、この子たちを脅威にさらしてはいないということだと思います」

そこまで言うと、彼女はもっと説明が必要か？　というように、僕を横目で見た。

「いや……そういうことだったら……つまらないことを言ってしまって、申し訳ない」

「別に……謝ってくださる必要はないです。それに……」

「それに？」

「こんなふうに言うと、たいていみんな怒ったり、気味悪がったりするのに、いつもワトソンはちゃんと聞いてくれるんですね」

そう言うと、てっきり不機嫌になったのかと思ったホームズが、僕に向かってにこりと笑った。

河邊氏の体なのに、しばしば彼女の存在を色濃く感じ、更に愛らしいとすら感じるのは、この素直な物言いと、そして笑顔だ。

彼女は水面に映った太陽のようだ。

触れることはできないし、時には刃のようにその輝きで僕の視界を奪うけれど、確かにほのかに温かいのだ。

「……ハドソン婦人や河邊さんは？」

「ハドソンさんは、私がなにを言っても、必要のないことであれば聞き流します」

鋼鉄の女はいつだってなにものにも侵されない。

「じゃあ河邊さんは？　彼のお父さんは民俗学を知悉《ちしつ》していたそうだけれど、彼はあまりそういうのに傾倒していなかったんだろう？」

少なくとも彼は出会った時、実際に自分の体が奪われて、初めてそういう超常的なことに触れ、信じるようになったと言っていた。

そんな僕の質問に、ホームズは眩しそうに目を細めた。

「……河邊さんは、いつも私を褒めてくれました。すごいって」

そっと両手で頬を覆うようにして、照れくさそうに、けれど嬉しそうに彼女は笑う。

河邊氏はホームズにとって、庇護者、ある意味保護者のようなものだ。

二人が今までどんな時間を過ごしてきたのかは知らない。けれど確かに二人の間に絆を感じる。だからこそ、彼女は事故の時、河邊氏を庇ったのだろう。

その時、牧羊犬がなにかに気がついたように、嬉しそうにぱっと駈けだした。

その先に、馬上さんと同い年くらいの男性が歩いてくるのが見える。

「どうも。牧場オーナーの佐藤《さとう》です。馬上さんからお話を聞きました」

そう言って握手を求めるように手を伸ばしてきた男性は、この広大な羊牧場の主人たるべく、よく日焼けした、生命力溢れる風貌だ。

赤いチェックのネルシャツに、デニム。GIカットの精悍な男性の、力強い手を握り返しながら不意に思った——吸血鬼なら、羊ではなくむしろ彼の血を吸えばいいのに、と。

少なくとも僕が吸血鬼ならそうするはずだ。

「大変な状況とお聞きしました」

「ええ。まだ被害に遭ったのは4頭なんですが、原因がわからないことには、対処のしようもなくて。原因もわからずに死んだ羊を、食用にもできませんしね」

確かに万が一、寄生虫やウィルスが原因であれば、それが人間や他の家畜に感染する場合だってある。

「獣医さんの診断も受けたそうで」

「ええ。でもすでにお伝えした通り、医師の診断もはっきりしないんですよ」

「私は医師ですが、家畜は専門外なのでお伺いしたいのですが。一般的に羊の死亡理由として多いのはどういったことなんでしょう?」

「そうですね、肺腺腫《はいせんしゅ》や腐蹄症《ふていしょう》、あとはやはり寄生虫ですね。よく言われるのが、牛の腹腔内《ふくくう》に寄生する指状糸状虫《しじょうしじょうちゅう》が、蚊を介して発症する腰麻痺《ようまひ》ですが、今はまだ蚊の時期じゃありませんし、なにより北海道では発症例がありません」

実際に羊の死んでいた場所に案内してもらいながら、僕は牧場主の佐藤さんの話を聞いた。

肺腺腫は聞いたことがあった。世界初のクローン羊の死因も、確か肺腺腫だ。

でもすべては、事前に報告書にあった通りだ。4頭とも解剖し、詳しく検査したけれど、それらしい所見は見つからなかったそうだ。

「ええと……ここです。4頭中、3頭はここで死んでいるのが見つかりました」

やがてそう言って彼が案内してくれたのは、牧場の裏手、なだらかな坂になった放牧場だった。

「発見されたのはいつですか？」

「時間のことでしたら早朝です。最初の1頭が襲われたのは、3ヶ月前。2頭目が2ヶ月前。今月に入って2週間おきに1頭……間隔が短くなっているのが心配です」

佐藤さんが不安そうに言うのを聞きながら、ホームズの指示で現場の写真撮影をした。

アルプスの尾根を思い出させるような、なだらかな傾斜のある放牧地。今は一応用心して、ここに羊を放してはいないそうだ。

「ドローンとか持ってくれれば良かったのかもしれないですね」

「この放牧場の裏手でしたら、一応林道が走っていますが、細い道ですし、ほとんど私道に近いので、牧場の人間以外使う者はいません」

「その林道は行き止まりなんですか？　一般道とはつながっていない？」

でもそれを聞いたホームズが、首をかしげる。

「いいえ、つながってはいますけど……」

「だったら侵入者がその経路を使って羊を捕獲し、また捨てた可能性はありますよね——ほら、たとえばそこです。一カ所、木々の途切れたところがあります」

ホームズが指さしたのは、林道沿い、放牧地をぐるっと囲む木々が途切れた一角だった。

「でもあそこから羊をさらうのは難しいですよ。ここからだとわかりにくいですが、あそこは坂道になっていて、放牧地とは高低差があります。あの場所から羊をさらうとしたら、羊を2メートル近く引っ張り上げなきゃいけない。かわいらしく見えますけど、羊は1頭100キログラム以上あるんですよ。生きた羊をつり上げるなんて、到底無理です」

「でも、少なくとも殺したのを捨てることは可能ですよね？」

「それはそうですが……」

でもまあ、現実的な話ではないと、僕も思った。

「一つ気になっていたのですが、死因として失血死が考えられると、医師の診断書に書かれていました」

「ええ。確かに綺麗に血抜きをしたみたいに、血は残っていなかったんです。他に目立った原因は見つからないので、可能性の一つとして挙げられていますし、首に歯形のようなものはありますが、野犬の形じゃないし、ヒグマでもない……まったく、なんに襲われたのか定かではないんですよ。しかも――」

「しかも？」

「牧場内をくまなく見回りましたけど、どこにもその……羊が襲われたとおぼしき跡がないんです。血だまりなんかが。じゃあその血はいったいどこに消えたんだってことになりまして」

だから『吸血鬼』の仕業では？　という疑惑が浮上したのだそうだ。

「最後の一頭は、すぐ視《み》られるように、冷凍庫から出してあります」

「それはありがたい。専門外ではありますが、是非私も診察してみたいです」

そういう僕に、ホームズもうなずいた。

「吸血鬼はしばしば、その吸血方法に特徴を残します。口に鋭い犬歯があるような、牙で吸い付く吸血鬼っていうのは、実際はごく少ないんですよ」

ホームズが得意の蘊蓄《うんちく》を語り出す。牙を持つザ・吸血鬼は、実際はアメリカのホラー映画会社が作り出したイメージに過ぎないらしい。

「ストローのようになった舌を突き刺して吸い上げたり——ああ、あとは吸血部位ですね。首が定番のように思われがちですが、乳房のようなところから吸う吸血鬼もいます」

「でも乳房からだと、相当時間がかかりそうだね。血流速度を考えると、頸動脈からだとしても、飲み干すのに1時間近くかかると思う。失血して血流量が減れば、さらに採血に時間はかかるだろうし」

　それも更に乳房ともなれば、相当な時間を要するだろう。

「そ、それ、もう少し詳しく」

「後でね」

　ホームズの知識欲に火を付けてしまったようだけれど、今は調査中だ。

　とにかく他の牧場スタッフからも話を訊けるようにと、作業の手が空いた人間は母屋に集まって——なんて指示している佐藤さんと馬上さんと一緒に、僕らは母屋と呼ばれる建物に移動した。

　厨房のような大きな調理台の上、犠牲になった羊が横たわっていた。

　とはいえ、すでに検死のため臓器も取り除かれ、わかりやすく毛も刈られた状態の羊は、どちらかと言えば患畜というよりも、肉に近い印象だ。

　しれっとしてはいるが、どうやらその状況に、ホームズも少しほっとしたらしい。

「もしかして、怖かった？」

二人になった隙に、そっと声を潜めて訊いた。

「怖くはないんですが、臭いがしたら嫌だなって思って……」

そう苦笑いしたホームズの言うとおり、まだ朝の寒い季節に発見されたこと、血液も内臓もないお陰か、腐敗臭は強くなかった。

でも同時に、それは僕にとって診察の方法がほとんどないという状況ではある――まあ、もっとも、羊の臓器を見たところで、専門的なことまではわからないが。

しいて言えば、気になるのは首の傷だ。皮下まで届く傷は、確かに歯形のように見える。

「どう思いますか？」

羊というより、僕の顔を横からのぞき込んでホームズが問うた。

「どうって……動物の歯形まではわからないよ――ただ、歯列は動物ごとに決まっているからね。人間であれば、このカーブで人種もわかる。少なくとも家畜専門の獣医師なら、一般的に家畜を襲う動物の歯形ぐらい見分けられると思う。だからつまり、一般的じゃない動物に襲われた可能性はあるってことだけど……」

とはいえ、例えばライオンに襲われたとしよう。そんなことがあるとは思えないが。

でも彼ら猛獣たちは、獲物を失血死させるのではなく、喉の骨を砕いたり、気道を塞いだりすることで、獲物を窒息死させるために喉笛に噛みつく。

けれどこの羊を見る限り、窒息させるためと言うよりも、あたかも本当に血を奪うためだけに、動脈の上を傷つけているようだった。

「そもそも獣が羊を襲ったら、その肉を食べるんじゃないかと思う。血だけっていうのは、やっぱり奇妙だし、爪でひっかくなり、傷は首以外にもあってしかるべきじゃないかな」

「そうですよね……」

「この羊を見ると、本当になにかが血を吸うためだけに襲ったように思える」

それもおそらく群れではなく、単体だ。加えて言うなら、牧柵を跳躍して越えることのできる動物——もしかしたら、あの林道の高低差も飛び越えられる、2メートル近い跳躍力を持つ獣……。

なんて、言ってはみたものの、そんな生き物がいるというのは聞いたことがない。

「……すごい」

「え？」

「素晴らしい！　これはきっとチュパカブラの仕業ですよ！」

「は？　チュパ……？」

「チュパカブラです……もしかして知らないんですか⁉」

僕の説明を聞いていたホームズは、目をらんらんと輝かせて僕を見た。

ちょうど牧場の従業員とおぼしき、モスグリーンの作業着を着た若い青年と、老人を連れて戻ってきた佐藤さんたちが、そんな僕らのやりとりに期待のまなざしを向けてくる。

「なにかわかりましたか？」

「いや……それが、まだ——」

「チュパカブラの仕業ではないかと思われます」

馬上さんに、僕とホームズが、ほとんど同時に答えた。

「チュパ……は？」

助けを求めるように僕を見ていた佐藤さんたちも、案の定、僕と同じリアクションだった。

ホームズが深くため息を一つ洩らした。何故知らないんだ、というように。

「チュパカブラ。スペイン語で『ヤギの血を吸うもの』という意味なので、アメリカではゴートサッカーとも呼ばれています。中米・北米で有名な、家畜の血を吸い殺すＵＭＡです」

そうしてホームズは、滔々《とうとう》とその『チュパカブラ』の説明を始めた。

ヤギだけでなく、ニワトリや羊などの家畜を襲うその怪物は、家畜の血液を糧にしているらしい。

鋭い牙で喉笛に噛みつき、尖った舌を突き刺して、その血を吸い上げるのだ。

ストロー型のその舌は、まさに血を吸うことに特化しているため、あたりに血が飛び散ることもなければ、無毛なので周囲に痕跡を残しにくい。

また極めて優れた跳躍力を持ち、数メートルであれば飛び上がれるそうだ。

「日本でも、近年名古屋で発見されたという話もあります。そんな遠くから名古屋に来てるくらいなんですから、更に海を渡って北海道に来ていても不思議はありません」

ホームズは息継ぎもそこそこにまくし立てると、「どうでしょうか？」と僕らに訊いた。

「はあ……どうでしょうと、言われても……」

そう佐藤さんが困ったように額を拭った。そりゃそうだ。

とはいえ、確かにホームズの話には、一定の信憑性があった。ＵＭＡが実在するという、仮定を受け入れられるならば。

でも、その仮定を受け入れることが、容易ではないのだ。

吸血鬼の仕業かもしれない。そういう話が出たとしても、実際は別の原因があった――そんな答えを求めて、彼らは僕らに依頼したのだ。こんなガチガチの未確認生物の仕業だと言われる予定ではなかったのだと思う。

「まあ、まだ断定するには早いとは思います。もう少ししっかり調べた方が」

「もちろんそうですね。チュパカブラだとしても、やっぱり、どうしてこの町で被害が……という疑問は残ります。特に十勝道東は、さまざまな家畜が飼育されています。ヤギを飼っている農家さんだっているはずです。なのにどうしてここなのか、という納得のいく説明ができません」

そう慌ててフォローした僕に、ホームズがうなずいたので、佐藤さんたちがほっと息を吐いた。

「でも確かに、フロリダでもチュパカブラが現れたと、騒ぎになったことがありました」

けれどそんな中、一人の青年が呟くように言った。小さな声ではあったけれど、視線が一斉に彼に集中した。

「牧場に勤めている浅田《あさだ》君だ」

そう佐藤さんに紹介され、青年が軽く会釈した。

「浅田君は去年まで海外で、牧羊について学んでいたんだ。でも、お父さんが亡くなって……今はお父さんの経営していたコテージを、家族で営業しながら、羊を見てくれているんだ」

「働き者だよ」と紹介され、浅田青年が照れくさそうに口角を上げる。

年齢は20代半ばだろうか、どちらかといえばあどけなさが残るし、実年齢も僕より少し若いのに、ずっと責任感というか、『しっかりしている』雰囲気に溢れていて、僕は気恥ずかしさを覚えた。

「もしかして、今夜用意してくださったコテージですか？」

「ええ。でもコテージの営業は母と妹が頑張ってくれているので、僕はほとんど羊にかかりきりですが」

お世話になります、と頭を下げた僕に、浅田青年は「なにかあればすぐに言ってください」と、笑顔のまま愛想よく言う。感じのいい人だ。

「海外で働かれていた時、実際にチュパカブラの被害に遭われたんですか？」

その愛想の良さに乗じるように、ホームズもずい、と身を乗り出すようにして、青年に問うた。

「いいえ。噂話で聞いただけです。でも確かにあっちでは、家畜を襲うUMAの存在は、時々話題になっていました。でも……本当にあくまで噂です。だって吸血モンスターですよ？ しかもまさか、この農場に現れるなんて……」

到底信じがたいと、やはり浅田青年も否定的らしい。

「宇宙人だ」

けれどそう言って、これ以上我慢できないというように割り込んできたのは、同じく作業の手を止めて来てくれた、牧場の老スタッフだった。

「宇宙人の仕業だよ、絶対あいつらのせいだ」

「谷《たに》さん……ちょっと……」

フン、と鼻息も荒く言った、谷という老人は、いかにもベテランスタッフと言った風体で、痩せた体に少しボサボサと伸びたひげ、そしてファイターズの『F』のロゴが入った、黒い野球帽をかぶっていた。

作業着を上まできちんと着た浅田青年とは対照的に、上を脱いで腰の部分に袖で縛り、まだ寒いくらいの時期なのに、白い半袖シャツというところも、彼がさっきまでハードな仕事をしていたことを物語っているし、伸びた腕の筋肉もしなやかだ。

そんな彼が怒ったように「宇宙人」と言うのは、驚きを通り越して、少し怖い。

けれど佐藤さんの制止も聞かず、話を続けようとする谷さんに、ホームズはむしろ嬉しそうに、「いえ、お話を是非！」と促した。

思わずホームズの腕をそっと引いて、『自制』を促す。

「だって、チュパカブラは、宇宙人と密接な関係があるという説があるんですよ？」

けれど彼女は僕の制止の意味なんて忘れたみたいに、不思議そうに小首をかしげた。どうせまた、自分の体が誰のものなのか忘れているのだ。

「それで、あいつらとは？」

「ああ……『変わった連中』が住み着いたんだ。町の外れに」

好奇心一杯に谷さんに問うホームズに、谷さんは神妙な面持ちで応じた。

「宇宙人の研究をしている、まあ……昔で言うところのヒッピーみたいなコミュニティだよ」

「ヒッピー？」

ホームズが、聞き慣れない単語の答えを僕に求める。

「ええと……社会的な価値観に縛られずに生きる人たち、かな」

脱社会的というか、既存の社会通念に反する自然回帰というか、今ではもうサブカルチャーと呼ばれる、60年代にムーブメントの起きた、アメリカ発祥の文化だ。

ラブアンドピース。武器ではなく、花を。

「いいや、そうだな。むしろカルト集団だよ、自然回帰だなんだ、宇宙の神様がどうとか……とにかくはっきりしないが、胡散臭い連中だ」

「いわゆる……新興宗教団体ということでしょうか？」

「ええと……『真祖《しんそ》の日輪《にちりん》』という、まあ宗教団体ということになっています。確かに町の外れで、こう……敷地を囲って生活しているコミュニティがあるんですが……」

僕の質問に、困ったように馬上さんが補足してくれたが、確かにここまで話を聞く限り、町でもずいぶん異質な存在として扱われていることが、選ばれた言葉の端々から漏れている。

「とはいえ慈善活動というか、町内の清掃活動を行ってくれたり、薄気味悪くはありますが、害があるわけでもないし……棲み分けできてるならいいだろうってことで……」

あまり悪く言いたくもないといった調子で、馬上さんがフォローをしたけれど、彼自身偏見の目というか、抵抗感が拭えていないようなのは、その困り顔から明らかだった。

「陰でコソコソ集まって、宇宙だのなんだのと言ってる連中が、まともだとは思えない」

谷さんに至っては、その反発心を隠そうともしていなかった。

「なるほど、だから今回の羊が襲われたのも、その……宇宙人の仕業だと？」

「ああ。そっちの方がずっと納得できる」

鼻息も荒く谷さんが言ったが、吸血鬼がダメで、宇宙人ならいい……という論理は理解できないと思いつつ、けれどホームズは、逆にうんうんと頷いていた。

「確かにチュパカブラが宇宙人だという説は根強いです。他にもチュパカブラが現れたというメキシコ、グアテマラ、チリ、ブラジル、アルゼンチン――どこもＵＦＯの目撃情報が多数存在する地域なんです」

「ホームズ、かといって羊の怪死がイコールその怪物や、宇宙人の仕業と言うのは……」

「でもワトソンは、確か幽霊は信じているんですよね？　死者の存在は信じて、どうして宇宙人は信じられないんですか？　人智を超えるという点では大差ないと思います」

納得いかないというように、ホームズが顔をしかめた。

確かにその通りだ。僕は死者の声を信じている。幽霊はよくて宇宙人は駄目な理由は、僕にも上手く説明できなかった。

「とはいえ、やはり人間の仕業じゃないか、ということを疑うべきでは？　――失礼ですが、貴方の羊を傷つけるような人物は、思い当たりませんか？」

チュパカブラでも、宇宙人でもいいが、まずは第一に、『人間の仕業』の可能性を、きちんと検証するべきじゃないだろうか？　僕は改めて佐藤さんに問い直した。

彼はうーんと唸って、腕組みをした。

「そんな具体的に思い当たりはしませんが、そりゃ誰にも恨まれる覚えがないと言えるほど、私は聖人じゃないですよ――とはいえ、平和に暮らしています」

佐藤さんが慎重に、言葉を選ぶように言う。

「少なくとも、こんな陰湿で猟奇的なことをされる覚えはないです。ついでに、この池田町でＵＦＯが目撃されたとか、そういう話も聞きません」

警察は事件性があるとは思えないといい、医師もさじを投げた状況だ。藁にもすがる思いで、連絡してはみたものの、もっと現実的な話をしてほしかった――そんな困惑と失意が浮かんだ表情で、佐藤さんはそう声を絞り出した。

そりゃあ僕だって、期待には応えたかったさ。でもまだ調査は始まったばかりだ。

「わかりました。とにかく羊を守れるように、僕たちも調査に力を尽くします」

少しでも彼らを安心させるように言った。返ってきた引きつった笑みは、残念ながら半信半疑という感じだった。

4

その後は一通り、現場の写真や羊の体重、その他、手に入る情報は一通りさらって、僕らはコテージへと引っ込んだ。

ホームズは愛用のタブレットを膝におき、コテージ備え付けの近代的なロッキングチェアに体を預け、ゆらゆらしながらなにかをずっと調べている。

唇と鼻の間に、タッチペンを挟んでいるところを見ると、彼女は彼女なりにさまざまな情報の海に身を投じているのだろう。頭を使うときの彼女の癖だ。

僕は入手した情報をまとめたり、プリントアウトしたりしながら、自分の作業に本当に意味があるのかを悩んでいた。

「……どうかしました？」

トントン、とプリントの終わった写真を整えながら、ほとんど無意識に漏れてしまったため息のせいだろうか。タッチペンを膝に落としながら、心配そうにホームズが問うた。

「いや……もう少し現実的な話はないのかなって思って」

「現実的ですか……ワトソンは、神様とかは信じてないんですか？」

「うちは母親が比較的真面目なカトリック教徒なので、子供の頃から教会に足を運ぶ機会はあったけれど、残念ながらそういうのは芽生えなかったかな」

少なくとも、目の前に確かな『死』を覚悟した時、自分の中に神や信仰の存在を感じなかったということは、僕にとってそれは身についた感情ではなかったのだと思う。

「そうなんですか。『宗教なき科学は欠陥であり、科学なき宗教は盲目』という言葉もあるのに……」

「そういうホームズは、神様の存在を信じてるのかい？」

「私は神様というか、人間の自由にできない存在は、確かにいると思っていますよ。神様も、そしてＵＭＡも」

「実際にこんな状況ですから」と、自分の体を指さして、ホームズは苦笑した。

確かにそれを言われてしまうと反論できないし、僕自身もすべてを否定するわけじゃない。

「だけど、だからといっていきなりチュパカブラって言われても、なかなか納得できないと思うんだ」

「そうですか？　でも、答ははっきりしています。チュパカブラや宇宙人じゃなければ、人間の仕業じゃないですか。とってもシンプルな話だと思いますけど」

結局のところ、僕も人間の——つまり人知の範囲内での解決を望んではいるのだが。

「一応他になにか思い当たるものは？　吸血鬼は何種類もいるんだろう？」

「そうですね……河童が水の中に引きずり込んだ牛の血を、お尻の穴から吸うというお話がありますが、少なくとも羊の肛門に傷はなかったようですし、襲われた現場の近くに水辺はありませんでした」

確かに羊の肛門付近に、傷らしい傷はなかった。それは今日検死した羊に限らず、残り３頭の診断書にも記載はない。

「あと……ブルガリアでは、洗礼前に死んでしまった土曜日生まれの子供が、牛の血を吸う『ウストレル』という吸血鬼になることがあります。群れの中でもっともよく肥えた牛の、角の間や後ろ足に巣を作って、10日間の間に血を吸って強くなるんです——でも、今回狙われているのは牛ではなく羊です。近くに牛の農場もあるのに」

「…………」

確かにそうなのだ。

この周辺にさまざまな家畜はいる。動物もだ。牛、馬、山羊、鶏に豚、犬や猫、狐に鹿——そして人間。

そういうものではなく、何故『羊』だけが狙われているのか。

「温厚そうなイメージはあるけど、羊ってのは臆病な分、実際は結構凶暴な生き物だからね。襲いやすい生き物ってわけじゃない」

「そうですね。だから、対象が『羊』であることには、意味があると思います」

「そして……あの歯形についても調べてみたんだけどね。確かにあれは野犬やヒグマとは違うみたいだ。上顎の第4前臼歯と下顎第1臼歯が鋭く尖っていて……いわゆる『裂肉《れっにく》歯《し》』だと思う。アフリカで何度か野生動物に襲われた患者を診たけれど、ネコ科の大型動物の歯形に似ているよ」

「ネコ科、ですか」

「チュパカブラはネコ科？」

「さあ……ただ重い皮膚病のコヨーテが、チュパカブラの正体と言われることがあります。他にも背中にトゲを持った、二足歩行の怪物だとか、四足歩行の犬のような生き物だとか、いろいろな説があります」

そういう詳細が不明なのでUMAなのだ、と、ホームズが至極真面目に言った。確かにそうだ。

他にも、日本で発見されたチュパカブラの正体は、タヌキとも言われているらしい。共通しているのは、みな『イヌ科』の動物だ。けれどこの歯形は、鼻先の長い動物ではなく、比較的平らな動物だと思う。

「犬歯は比較的小さめに見えるけど、それでも体長1メートル近い個体だと思う。カラカルか、サーバルキャット、オセロットが考えられるけど——そんな動物が、人を襲ってるとしたら大問題だね」

「そういったネコ科の動物が、血を吸いますか？」

ホームズが、ゆっくりと瞬きをしながら言った。

「獣であればお肉だって食べるでしょう。死んだ羊は4頭。そのどれもが血を失っているだけで、肉はそのまま残っています。まるで必要なのは血だけというように。しかも現場には血を吸った痕跡は、血痕、体毛、争った後に至るまで、残っていませんよね？」

そうだ。狙われているのは、あくまで血液だけなのだ。

「じゃあなにか吸血生物が……」

「それらの仕業とも考えましたが、ヤマビルやチスイビルは、北海道に生息していないと言われているし、何頭もの羊を襲うほど繁殖していれば、さすがにみんな気がつくでしょう。吸血コウモリだって、1000種近くいるコウモリの中でも、血を吸うのはたったの3種類だけ。こちらも北海道では生息していません」

確かに。それにヒルの仕業だとしたら、首に残る牙の跡の説明が付かない。

「カツオドリの仲間で、ハシボソガラパゴスフィンチは血を吸うと言われていますが、名前通りガラパゴス諸島にのみ生息した鳥だし、相手を殺すほど吸うこともなければ、彼らは喉笛ではなく背後に回って吸います」

「喉を狙うのは、捕食する獣たちのやり方だね」

「アブやブヨ、ウスエグリバ、サシバエ……いろいろ考えましたが、やはり小さな虫たちで、羊を襲い、あんな傷跡は残さないでしょう。だからこれはやはり、人間か宇宙人か、チュパカブラの仕業だと思います」

「……宇宙人って言われると、急に話がぼんやりする」

理路整然と、そこまで理由をわかりやすく並べてもらっても、やっぱり落としどころがそこになると、急に信憑性のようなものが失われてしまって、僕はまた、思わずため息をついてしまった。

「そうですか？　じゃあ火星人女性の妊娠期間は、地球人と違って3年かかるとか、もっと宇宙人の蘊蓄を言えばいいですか？」

「そりゃすごい、象より長い」

哺乳類で最長の妊娠期間を必要とする象ですら、18～28ヶ月だ。

「とにかく、それ以外の可能性——やっぱりここは、人間の仕業っていうのを一番に考えた方がいいんじゃないかな。ネコ科の中型動物は、家庭で飼育できないわけじゃない」

「じゃあ、誰かが大型の猫を使って、わざわざ佐藤さんの羊を殺させたと？」

「少なくとも、チュパカブラの仕業と言うよりは説得力がないかな？」

「でも見て下さい。羊の亡骸が見つかった時の写真。どれも現場に血が流れていません」

「別の場所で殺した可能性もある」

「100キロ越える羊を、わざわざ持ち運びして？」

僕はうなずいた。なんのために、という理由の説明までは思いつかなかったが。

「…………」

ホームズが露骨に顔をしかめ、まるで僕を軽蔑するような目で見た。

「……じゃあその、チュパカブラの仕業ってことも考えてみようか」

その視線に耐えきれずというか、気圧《けお》され、思わず譲歩する。

「とはいえ……実際のところ、私も実はチュパカブラについては半信半疑なんです」

ふう、とホームズがため息を洩らす。意外にも弱気な意見に驚きながら、僕は二人分のティーバッグの紅茶を淹れ、彼女の話に耳を傾けることにした。

「チュパカブラが最初に目撃されたのは、1995年プエルトリコ東部のカノバナス。一見無傷に見える家畜が数頭死んでいるのが、農場で発見されました――最初は今回のように数頭だったのに、半年ほどで近隣農場での死亡数は150頭以上まで増えたそうです」

それはどれも外傷が少なく、かわりに血がすっかり抜かれていた。やがて町の危機管理事務所には、ペットや家畜の変死を訴える人々からの通報が連日のように相次ぐようになり、専用の無線コードが設けられるまでに至った。

それでも危機管理事務所の方では、野犬かアカゲザルの仕業だろうと思っていた。

「でも町の住民のパニックは収まらず、人々はチュパカブラに襲われたと口々に言い始めたんです。1995年から1996年までの間に、殺された家畜は約2000体、目撃件数は100以上に上りましたから」

「大変な数だ……それで、チュパカブラは？」

「それが……実はそれっきりなんです。特になにかあったわけでもなく、なあなあに事件は収束しました。けれどその後フロリダ、チリ、ニカラグアとチュパカブラの被害は広がっていったんです。最近では中国でも、200頭に上る報告例があります」

そこまで言うと、ホームズは無意識のように、タッチペンをまた鼻の間に挟んだ。

「でも……あったんです」

「あった?」

「はい……血液が」

「え?」

「プエルトリコで、2年間で300体以上もの家畜の死骸を視た獣医師のモラレス氏は、こう証言しています。『みんな血は残っていた』と。外傷がなかったり、たまたま大きな傷ではなく、ヤギの死骸から出血の痕がなかっただけで、彼らは血を吸われて死んだわけじゃなく、死因はさまざまでした。つまりこの時のチュパカブラの正体は――」

「集団ヒステリー」

こくん、とホームズがうなずいた。

つまり実際はウィルスや、寄生虫……そういったものが、チュパカブラの正体だったということだ。

「ニカラグアでは、チュパカブラの検死も行われました。大学でさまざまな専門家が解剖に立ち会い、結果、ソレは皮膚病のコヨーテと判明したんです」

他にも疥癬《かいせん》にかかったタヌキだとか、いろいろな説があるし、チュパカブラの姿自体、報告例がさまざまなのだそうだ。

「今のところ人間の死亡例はないですが、噛まれると、3日ほど発熱と吐き気が続いたっていう話は聞きます」

「吐き気？」

「ええ、一説にはチュパカブラの持つ菌による、鼠咬症《そこうしょう》だと」

「鼠咬症は潜伏期間が約1週間から10日あるし、むしろ感染性胃腸炎を疑った方がいいんじゃないかな？　たとえばサルモネラ菌だ。発症が早く、野生動物からも感染する」

吐き気があるということなら、胃腸に害なす病原体と考える方がスマートだろう。症状が3日ほどというのも、鼠咬症であれば短すぎる。

「まあもしかしたら、その……チュパカブラ特有のウィルスとかなのかもしれないけどね」

「鼠咬症ではなく、サルモネラですか……」

彼女はそんな僕の話を真剣に聞きながら、ボロボロに使い込まれた革製の手帳に、ふんふんと興奮気味に、なにかを書き込んでいた。

と、いっても、彼女が実際に僕に聞いた話を、丸々手帳に書き込んでいるわけではない。

以前見せてもらったことがあるが、正直なにが書いているのかさっぱりだった。

あの手帳は彼女にとってメモ帳ではなく、鍵——彼女が知識の神殿と呼ぶ、記憶の引き出しを開けるための鍵なのだ。そこには彼女だけがわかる鍵が、びっしりと書き込まれているのだ。

「じゃあつまり、君も本心ではチュパカブラの仕業だと思っていないってことだね？」

「正確には、確信できないでいるという感じでしょうか。まだ信じるに足る証拠が見つかっていません。単純に今のところ、考え得る一番の原因として挙げているだけです」

結局まだまだ情報が、真実へのピースが足りないのだ。

「吸血鬼が家畜を襲う話自体は少なくないんですよ。でもその多くは、家畜が死ぬという不幸な出来事――おそらく天候不良や伝染病などが原因でしょうか。でもそういったどうにもできない『悪い出来事』を、死者をスケープゴートにして、厄払いをしようとしたケースが多いんです。死んだ人に禍々しいことの責任を押しつけてしまうんですね。今回ももしかしたら、そういう一面があるのかもしれませんし、もう少し周辺の方々を調べてみる必要があると思います」

「それに確かに……獣の仕業だとしても、ちょっと傷口も綺麗すぎるんだよな……」

写真を見ながら、僕はすっかり冷めつつある紅茶をすすって呟いた。

医師として、やっと一人前と言われるくらいになった僕だったが、こと超常現象の前ではあまり役にたてていそうにない。

アフリカで出会った獣医師が、人も動物も、根本的には同じと言っていたのを思い出す。

命に向き合うことには違いないが、それでもこれを機会に、札幌に帰ったら獣医としての勉強をしてみてもいいかもしれない——そんなことを考えながら、ふと気がついた。

なにかを自分から『学びたい』と思ったのは、数ヶ月ぶりだ。

『僕』はまだ、生きていた。

5

一応、今日1日で手に入れた情報を、ハドソン婦人に送信したりしているうちに、時計を見ると夕方5時を過ぎていた。

今のところ、被害に遭った4頭にあまり共通点は見られないが、しいて言えば全部雄だ。でも他にもなにかわかるかもしれないので、彼女にも分析してもらう。

今晩中にお返事します、と返信が来たけれど、すぐは無理だろう。

昼食が消化のいいうどんだったせいか、僕らは空腹を感じ始めていた。

「せっかくだから、夕食をつけるんだったかな」

「お部屋を用意して下さっただけで、いいじゃありませんか」

リーズナブルなグランピングといった風情のコテージは、そのかわり飲食物はコテージの敷地内で購入したもの以外、持ち込みが禁止されている。

でも思った以上に、中心部からこのコテージと牧場は遠い。雰囲気の良い場所に宿を取ったはいいが、飲食店はおろかコンビニすら遠い——なんていうのは、まさに北海道あるあるだ。

「かといって、タクシーとか代行を頼むってのもなあ……」

「タクシー？」

「いや……せっかく池田町に来たのだから、ワインの一杯ぐらい……と思っただけです」

「ああ、お酒ですか」

もちろんたくさん飲むつもりはないけれど、喉を湿らせる程度の一杯ぐらい、夕食と一緒に味わいたかった。

「町内を走る、有料の循環バスはあるそうですけれど……」

「さっきバス停を見かけました」と、ホームズが教えてくれたので、早速ネットで調べてみたが、残念、最終は16時台だ。

「惜しいね、間に合わないし、帰りが困るかな」

まあいいか。売店の方で頼めるかもしれないし、まだ仕事があることを考えたら、飲まない方がいいかもしれない。

話題の池田牛でワインを一杯……は、いつかまたの日にしよう。

それでも、「せっかくだから、おいしいものを食べていらっしゃい」という、ハドソン婦人の寛大なお言葉のお陰で、夕食のメニューは選び放題だ。

「私、お昼のおうどんがいいなあ」

車で町の中心部に向かいながら、ホームズがうっとりと言った。

「え？　二食続けて？」

「だって、やっぱりカレーうどんも食べたかったなって」

「うーん……スーツにカレーの染みなんて付けたら、ハドソン婦人が猛《たけ》り狂わないかな」

「ワトソンは、ハドソン婦人のことをちょっと誤解しています。とっても優しい方ですよ？　私、彼女みたいになりたいのに」

確かに多少の誇張はあるかもしれないし、優しいという部分に大きく異論はないが、ハドソン婦人がホームズに甘いのは、その体が河邊氏だからじゃないだろうかと、そんな気もする。

氷の女王は河邊氏の話をするときだけ、いつも少しだけ口角が上がるのだ。

対照的に、僕を見る目はわりといつも冷ややかなので、その違いが大きく大きく感じられて仕方がない。

「でも、さすがに二食続けては――」

その時、夕日の落ちかけた暗がりから、人影が真っ赤なアストンの前に飛び出してきた。

「くっ！」

慌ててハンドルを切る。

幸い対向車もおらず、事故には至らなかったものの、ガリガリ、と車の底から嫌な音がした気がする。僕こそハドソン婦人に殺されるかもしれない。

「危ないですよ！」

飛び出してきた人に怪我はないはずだ。不幸中の幸いにホッとすると、とたんに怒りがこみ上げてきた。とはいえ、僕は医師だ。万が一相手が怪我をしていてはいけないので、声を荒らげながらも、車から降りた。

アストンの前に、一人の男性がしゃがみ込んでいる。

「大丈夫で——」

「家で人が倒れてるんだ！」

もしかしたら、車を避けようとして怪我をしたのか——？ そんな状況が頭をよぎった時、男性から発せられた言葉が僕を冷静にさせた。

「大変だ、どちらですか？」

「家です、私の——あ、さっきの、学者さんじゃないですか！」

そう僕に駆け寄ってきたのは、驚いたことに羊牧場の谷さんだった。

「本業は医師です。倒れられたのはご家族ですか⁉ 救急車は」

「他人だよ、勝手に入っていたんだ。家に帰ってきたら倒れてて、驚いて飛び出してきたんで、まだ電話してない」

慌てて電話をしようとしてポケットをさぐり、そしてうっかりコテージに置いてきてしまったことに気がついた。同時に、彼の言葉にも驚く。

「え？　勝手に？　鍵は？」

「鍵はまあ……かけないことも時々あるし、とくにちょっと出かける程度の時は……」

なるほど、つまり普段から日常的に無施錠ということか……まあ確かに、のどかな町であれば、今も無施錠というのも考えられる。

仕方ない。一度車に戻り、道の端に車をずらして停めると、僕はホームズに車に残るよう言って、谷さんの家に走った。

「こっちです！　もしかしたら死んでいるかもしれない！」

谷さんが泣きそうな顔で、自宅の玄関フードの前で室内を指さす。

死んでいるだって……？

「………」

玄関を開けると、リビングに続く中扉が開かれたままで、中がそのまま見渡せた。そしてちょうど僕に向かって、足を投げ出すように倒れた大きな足も。おそらく女性じゃない。

その時、僕の肩に誰かが触れた。振り返ると、ホームズだった。

「車にいた方がいい」

「邪魔はしません」

「胸骨圧迫の経験は？」

「ありませんけど、多分教えてもらえたらできると思います」

「……わかった」

来てもらっても邪魔だとか、状態によっては子供に見せたくないとか、万が一感染する病だったら困るとか。さまざまな考えが一瞬にして頭を駆け抜けたが、今は一刻も早く倒れた男性の容態を見なければ。

心停止している場合は、胸骨圧迫が必要かもしれない。一人で行うよりも、複数人でやった方がいい。救命行為は、協力者が多い方が生存率が上がる。

男性は、リビングのローテーブルと一人がけソファの間に、うつ伏せに倒れていた。

肌の色が良くない。首の後ろから脈をとろうとすると、心音を確認するまでもなく、すでに体温が著しく下がっていた。

「これは……なにもしない方がいいかもしれない」

「え？」

驚くホームズに、瞳を伏せたまま、首を横に振ってみせた。

なにもせずに、速やかに警察を呼ぶ方が良さそうだ。彼にはもう、救命行為に意味はないだろう。だったら現場の保存の方が大事なはずだ。

「亡くなってるんですか？　なにかおわかりですか？　亡くなられた時間とか……」

「なにかって言われても……せいぜい外傷はなさそうだってことぐらいかな」

仰向けにしたらどうかわからないが、出血もなく、目立った外傷はなさそうだ。吐瀉物《としゃぶつ》の酸っぱい臭いはするが、血の臭いや、死臭はまだほとんどしない。

四肢に硬直はまだないと言っていいだろう。ただ足の床の接地面に、うっすら死斑が浮かび始めている。

「硬直は始まっていないから、まだ死後数時間だと思うけれど……」

「死因は？　事件でしょうか」

「死因なんて、そんなの解剖してみないとわかんないよ、ホームズ」

答えながら床に膝を突いて、そっと覗くと、その顔は苦悶に歪んでいた。

「嘔吐と……ずいぶん苦しんだみたいだ。ぱっと見考えられるのは虚血性心疾患とか……詳しいことは目視ではわからないよ。遺体を診ることがなかったわけじゃないけれど、僕は法医学者じゃない」

それに法医学者だって、いきなりご遺体に遭遇して、道具もなにもなく、目視で死亡推定時刻や死因なんて判断できないし、しないだろう。

「今警察が来る。救急車もだ……大丈夫そうかい？」

不安げに、谷さんが玄関先から問うてきた。

嘘をつくわけにもいかず、もう一度首を横に振ると、彼はすでに青くなっていた顔を、更に青ざめさせ、今にも倒れそうだった。

「そ……そんな……」

「残念です……ご友人ですか？」

「まさか！　そんなわけあるものか――この人は、例の宇宙人の、カルト集団の人間だ」

「え？」

「いったいなんでこんなところで……？　どうして私の家で！」

僕たちが訊く前に、谷さん本人の口から、悲鳴のような疑問がほとばしった。

話を聞けば、この倒れた男性は、くだんの宗教団体『真祖の日輪』の広報をやっている人間だという。

顔を知ってはいるが、名前すらろくに覚えていないような相手だそうだ。

「だったら、彼は面識がある程度の人の家に、勝手に上がり込み、そして亡くなったということですか？」

「そんなこと言われたって、私だってなにが起きてるかさっぱりわからない！」

混乱する谷さんの横にいたはずのホームズが、気がつけば部屋の中を歩き回っていた。

殺人――もっとも、谷さんが犯人には思えない――だとしても、病死だとしても、他人の家で遺体で見つかったのだから、なんらかの犯罪につながる可能性がある。

「ホームズ。警察の捜査の邪魔になるかもしれないから――」

「『Shears』」

「え？」

「見て下さい」

ホームズは、ひどく真剣な表情で、床を指さしていた。倒れた男の手の下だ。彼女はそっと男の手をどかし、その下に隠されるように刻まれた文字を読み上げた、もう一度。

『Shears』と。

「まさか……ダイイングメッセージ？」

多分、と神妙な面持ちで、ホームズがうなずいた。

「シェアーズ……『RT if you agree!』のことかな」

「あの、SNSのスーサイドゲーム、ですか」

「かもしれない」

「つまり、拡散希望、ですか……」

最近、SNSや動画サイトを賑わせているスーサイドゲーム（自殺ごっこ）。

実際に自殺するシーンを動画に収め、自分の不満や社会にするメッセージを発言した後、ダイイングメッセージのようにRT if you agree! や、Share the message! などと自分の血で書いて、その後に命を絶つ……というショッキングなものだ。

だが悲しいかな、そういった時の歪んだ死の表現は、しばしば連鎖する。特に多感な若い少女たちは、その高い共感性から、そういった死に価値や必要性を見いだしてしまうのだ。

SNSに染まりやすい世代に、共鳴していってしまう悲しさはわかる。

見る限り、僕より若いこの男性も、もしかしたらそういったなにかが、心に強く響いてしまったのかもしれない。

「だからといって、どうしてここで命を絶とうとなんて……」

「自殺じゃないかもしれませんよ」

愕然としていた僕に、ホームズが言った。

「え？」

「だってほら、シェアのスペルが違います」

「ああ、そういえば……」

『Shares』と書くべきところが、確かに『Shears』になっている。

「でもこんな状況だし、うっかり書き損じたのかも？」

「そんな大事な部分を書き間違えますか？」

ホームズは険しい顔でそう言って、まだ部屋の中を調べようとし始めたが、さすがにそれはやり過ぎだろう。

谷さんも混乱を隠せずに、家族か誰かに慌てて電話で連絡を取っているようだった。

その時、救急車のサイレンが近づいてきたので、ホームズを車に戻らせた。本人は不満そうだったけど、河邊氏に迷惑がかかるのはまずい。

先に到着した救命士に、僕が通りがかりの医師で、蘇生の可能性は極めて低いことを伝える。救命士の彼らも、ご遺体を見てこれは自分たちの仕事ではないと悟るように、「あ……」と暗い声を上げていた。

そんな彼らに、谷さんが再び自分の状況を話している間に、そっと現場を離れた。このまま警察が来ると面倒なことになる。

再び夕食に向かう車内で、ホームズはいつの間にか写していたらしい、ご遺体の写真を眺めていた。

「さすがにそういうのは……倫理的に良くない気がする」

「倫理ってなんですか？」

「え……」

タブレットの中の写真を真剣に見つめながら、顔も上げずにホームズが返した。

道徳、モラル――そういったものを、口で「これ」と説明することの難しさに、僕は思わず口ごもった。

「とはいえ、遊びじゃな……」

「私には全部遊びじゃありません」

「だけどさっきの男性の遺体と、超常現象にはなんの関係もない」

「羊が怪死した牧場関係者の自宅で、変死体が見つかった。しかもその人物は、ある種のカルト集団に所属している——これだけデータがそろってるのに、なんで無関係だって言い切れるんですか？」

　普段の、あのあどけない彼女のように、いっそ感情的になってくれたらいいのに。ホームズは淡々と、いや、「どうして、こんな簡単なこともわからないの？」というように、軽蔑を通り越し、僕を哀れむような目で見た。

「……病死のように見えたよ。チュパカブラに襲われて、病死した人はいる？」

「そういった話は尾ひれが付きやすいのでわかりません。でも、多分いないと思います。でも病死だとしたら、あのダイイングメッセージはどう説明しますか？」

「元々谷さんの家の床に刻まれていたのかも……」

　いいや、そんなわけない。

　なんでも短絡的に結びつけることには同意できないが、彼女の言うとおり、関連性を否定するにもまた、タイミングがそろった事件だった。

「……わかったよ。確かにあの傷は真新しく見えた。フローリングの床だ。削るにはなにか尖ったものが必要だね。遺体の周辺にそれらしいものはなかった気がする」

「ええそうです。あのメッセージを刻んだ時に、どんな状況だったのかは定かではありませんが、床に刻み、そしてその道具を片付ける暇があるなら、そもそも救急車を呼ぶか、助けを呼べたのではないかと思うんです——だから、多分病死ではありません」

だったら考えられるのは、自殺か他殺だが……。

「私は自殺だと思えません」

僕の心を読んだように、ホームズが断言した。

「なんで自殺じゃないと？」

「吐瀉物を見るに、おそらくカレーうどんを召し上がっています。こんなにおいしいものがたくさんある町なのに、最後の晩餐に食べるのがカレーうどんだっていうんですか？」

「……アフリカにいた時は、母のカレーが食べたかったよ」

「最後の晩餐にですよ？」

「漠然と、いつ最後の晩餐になるかわからない、そんなふうに思う毎日だったからね」

「…………」

それは本当だ。故郷を離れ、死を常に肌の上にうっすら感じる距離で生活をしながら、僕は母親のカレーが恋しかった。

「でも、少なくともあの場所で亡くなっているということは、あそこでなければならない理由が必要です。牧場の方と、その亡くなった方に、なにか因縁めいたものがあるのかも」

だったらもしかしたら、あの谷さんが殺した可能性もある——いや、ないと思いたい。

もし彼が殺したのであれば、わざわざこんな自分が真っ先に疑われる形で殺害しないだろう。

計画性のない犯行で、偶発的に起きた事故のようだったとしても、別の方法で遺棄するか、もしくは自首をすればいい。なにもかもが不自然だ。

それになにより、彼にそういった残虐性を感じなかった。

「死亡推定時刻にもよるけれど、農園の方にいたなら、きっとアリバイを証明できるんじゃないかな」

「そうですね。それに例のスーサイドゲームだというなら、撮影機材がないのはおかしいです。スマホを手に持っていません。スペルの間違いも気になります」

「別の単語を書きかけて、絶命したか……Shear――Shears。大ハサミ？」

「画像を見る限り、目に付く場所にハサミもないですね……」

あの状況で、彼女はどうやら現場をいくつもの角度から撮影していたらしい。

ご遺体だけでなく、その周辺部分も拡大したりしながら、彼女は現場を丁寧に見ていた。

「どのみちダイイングメッセージなんて、どうかしています。床に書く暇があったら、素直に誰かに電話すればいいんです。メールだっていい。だからあれを書いたのは、亡くなった男性とは限らないと思います。誰かが――第三者、或いは複数の人が関わっていて、誰かになにか伝えるために、メッセージを残したのかもしれません」

「もしくは、自殺に見せかけた？」

「自殺に見せかけるだけなら、谷さんのお宅じゃなくていいはずですし、もっとわかりやすい体裁をとりませんか？　首をつったように見せかけるとか。この遺体は確かに、誰かになにかを『見せたい』という意思を感じます——まあ、もしかしたら、本当に自殺ゲームの失敗作なのかもしれませんけれど……」

そこまで言うと、ホームズは僕の視線に気がついて、不思議そうに瞬きをした。

「どうかしましたか？」

「いや、それにしても冷静だなあと。谷さんだって動揺したぐらいなのに」

「私がですか？　まあ……眠っているみたいに綺麗だったので……」

ちょうど冬と春の間の北海道だ。暖房を焚くには暑く、けれどもまだ肌寒い日で良かった。お陰で遺体の腐敗は進まず、確かに悪夢を見ているようだとも、言えなくもない。

でも、とはいえ遺体だ。死体だ。見ず知らずの。

けれど遺体を目の前にして、彼女は臆するどころか嫌悪もせずに、現場を撮影して分析しているのだ。それがいいか悪いかは別にして、それを平然とやってのけている16歳の少女に、僕は改めて驚かされた。

「でも……できれば、君のような若いお嬢さんに、ご遺体を見せたくはないんだけどね」

「ご心配なく。ずっとこのままだったら、私はもう、お嬢さんじゃなくなりますから」

あっけらかんとした調子で、ホームズが言った。

「そんな話、全然笑えないよ」

「でも、本当のことですから。仕方がないことです。このまま本当に戻れなかったら、私は一生河邊さんとして暮らしていくんですから」

ポジティブなのか、ネガティブなのか、わからないサバサバした言葉。もう彼女なりに覚悟があるのかと思った――が。

不意にぐすっと、隣の席で鼻をすする音がした。

「……ホームズ?」

「嘘です、やっぱりずっとこのままはいやです……」

「ええぇ?」

ホームズの両目から、ぼろぼろと大粒の涙がこぼれた。

河邊氏の姿のまま、わっと顔を覆って泣き出したホームズに慌て、段差に乗り上げた。

本日二度目のガリガリっという、アストン・マーティンの腹下の悲鳴に、僕自身も「ヒエッ」となりながら、やっぱり彼女が16歳の少女なのだということと、そしてもう二度と高級車は借りまいということを、深く自分の胸に刻んだ。

6

3ヶ月以上一緒にいるが、僕はこの、『ホームズ』という少女のことが、いまだによくわからなかった。

この気恥ずかしい名前を使い出したのも、彼女。

僕は確かに、海外で暮らしていた時、『ワトソン』と呼ばれていた。イチローだと野球は好きかと言われるし、ワトだけだと『What?』と聞き返される。

だから同じ日本人の同僚が呼んだ『和戸さん』が定着し、いつの間にかワトソンと呼ばれるようになっていたのだが、それを聞いた彼女はなぜだか異常に興奮した。

『私もホームズなんですよ！』

そう彼女が言い出した理由は、彼女の本名にある。

倉《くら》保《やす》茂《しげ》夏《なつ》菜《な》——その名前を、クラホモと読み替え、キーボードでカナ打ちしたのを、ローマ字に変換すると、『ホームズ』となるらしい。

河邊さんと呼ばれることにも、かといって夏菜と呼ばれることにも違和感があったらしい彼女は、いっぺんにこの呼び名を気に入った。

シークレットエージェント感があってカッコイイとか、さまざまな理由を挙げ、『この呼び方で行きましょう』と言われた時は、正直、気は確かか?と思ったのだが。

でもまあ、この3ヶ月で随分慣れた。

天才となんとかは紙一重。

彼女はまさしく天才で、そして純真無垢だ。

ハドソン婦人がミス・パーフェクトなら、彼女はミス・アンバランス。

唯一の救いは常に朗らかで、笑いを絶やさないことだ。一つに集中すると周りが見えなくなって、ついつい言葉もきつくなることはあっても、基本的に乱暴な物言いはない。

無邪気な子供のようなのに、平気で遺体を眺め、犯罪記録に目を通し、奇妙なオカルトをそらんじる。

遺体に対して常人が抱くべき嫌悪や恐怖はない。人間は本来、人間の死が恐ろしいものだ——生物の本能として。

死んだ仲間を共食いしないために、人間は人間の死体が厭なのだ。

そういう禁忌に対し、興奮を覚える嗜好はあるが、あの子はそうではない。むしろ無関心だ。生きていようと死んでいようと関係ない。

そもそも彼女は少し、『他人』に対して鈍感なところがある。というか、多分自分に関係ない相手には、あまり興味を抱かないのだろう。関心がないものに、彼女の心は動かないのだ。

だから羊の死体を見ても、臭いがなければ平気だと、表情一つも変わらない。

だのに冷血漢なのかと思えば、あんなふうに強がってはみたものの、突然タガが外れたように泣き出して――そして結局彼女は1時間近く塞ぎ込み、僕らはほとんど無言のまま、町内のレストランで食事をした。

なんだか妙に疲れていたので、結局池田牛には手を出さず、僕は十勝といえばの名物、豚丼を、そして彼女は親子丼を頼んでいた。

甘塩っぱいタレに漬け、香ばしく焼いた豚肉は、肉厚しっとりとジューシーで、パサパサした感じはないし、異常に米が進む。

この時間にあまり炭水化物は摂りたくないのだが、僕の良心を惑わす魔性の肉汁が、僕を糖質へと走らせた。

おそらく、本日3個目+αの卵を食べながら、ホームズはずっと上の空……というか、自分の世界に閉じこもっている。

糖質・甘味は脳内麻薬だ。てっとり早く気持ちをアゲられる。

だから食後に北海道では珍しい、1905年創業の池田銘菓、バナナ饅頭を差し出した。

「バナナなのは形と香りだけで、バナナは入っていないんだって」

出されるまま、バナナの形をした小ぶりの茶色いまんじゅうを、ぱくりとホームズが口にしたところで、僕は思いきって話しかけてみた。

「……そんな無理にバナナにならなくても、おまんじゅうはおまんじゅうでいいのに」

僕も一口かじると、ふわっとバナナの香りがして、多すぎない絶妙なバランスの白あんが、まったり口の中に広がった。

「でもまあ、香りってのは意外と馬鹿にできないし。昔は高級だったバナナに憧れて、バナナにあやかったらしいよ？」

「確かに香りはバナナです。でもバナナになろうとして、この子はアイデンティティを見失っていると思います」

ホームズが至極真面目な表情で言ったので、思わず僕は吹き出してしまった。

「笑いごとじゃないのに」

「いやいや。でもこの子はバナナでも白あん饅頭でもなく、バナナ饅頭なんだから、これでいいんじゃないかな」

「………」

そこでまた、ホームズがうつむいてしまったので、僕はバナナ饅頭をもう一本彼女に持たせた。

「大丈夫……君は誰になったってどこにも行かないし、君というアイデンティティも揺らぎはしないよ」

そう言うと、彼女はもう一本バナナ饅頭をかじった。

自分の居場所や、自分自身を見失っている僕が言うのは、また滑稽な台詞だと内心思った。でもきっと、これは僕自身が誰かに言ってもらいたい言葉だ。

彼女の方がずっと、状況はよくない。

でも僕たちは、どこか似ているのかもしれない。

この世界にはじき出されてしまったような、疎外感や、漂流感が。

また泣いてしまうのではないかと思ったけれど、幸い彼女は微笑んだ。

「でもこのおまんじゅう、甘くて、とってもおいしいですね」

まったく、脳内麻薬の力というのものは馬鹿にできない。


「なにが一番辛い？」

帰りの車内、聞き慣れないクラシックのかわりに、カーステレオから流れるＦＭラジオが静かに流れる中で、彼女にそう訊いた。

「全部」

間髪容れずに返ってきた。ふ、っと苦い笑いと一緒に。

「例えば？」

「自由に出かけられないこととか」

「……必要な時は、言ってくれたら同行するよ」

「そうじゃなくて、一人でふらっと出かけたいことがあるじゃないですか」

彼女の言っていることはよくわかった。大事なのはその『自由』の部分だ。

充分すぎるほど、すでに話し合われているだろうが、それでもなにか僕で改善してあげられることはないかと、そんな僕の問いに彼女は苦笑いを深めた。

「あとはどうにもできないことばっかりなので。その……お手洗いの時とか、お風呂の時は、やっぱり嫌です――あと、あの……朝、起きた時とか……」

「ああ……うん。そうか、そうだよね……」

構造の違う異性の体の自然現象や、その対応が辛いと、彼女は洩らした。当然だ。しかもまだこんなにうら若い少女なのだ――これはまったく僕の想像だが、多分彼女は異性と交際をしたこともないんじゃないだろうか。

「友達と連絡は取れてる？」

「それは大丈夫です。元々連絡を取る友達って、あんまりいなくて……」

むしろ人付き合いは苦手だと、彼女は言った。そんなふうには見えないけれど。

「でも私、学校は嫌いじゃないんです。本当はもっとちゃんと勉強したいし、そこは河邊さんがちゃんと、なんとかしてくれるって。私が自分の体に戻れたら、必要な勉強や、資格はきちんと取って、大学に行かせてくれるって言ってました」

だからこそ、早く、絶対に自分の体を取り戻したいという。だけど、彼女が10代半ばから後半という、人生でもっとも大切な時間を、こんなふうに過ごさなければならないことが、改めてかわいそうだと思った。

彼女の周囲には、年の離れた大人しかいないのだ。

「せめて同年代の友人を作れたらいいんだけどね。ほら……今はネットもあるし、顔を出さなければ、SNSでだけでも交流はできる……って、そっか、SNSやってないって言ってたっけ」

なにかいい方法がないものか――そう考えて低く唸った僕を見て、ホームズが声を上げて笑った。

「うん？」

「いいえ。ただワトソンは神様も宇宙人も信じてないのに、私と河邊さんのことは信じてくれるんだなって」

「ああ……それは、確かに」

確かに宇宙人なんかより、ある意味突拍子もないことだ。SF作品で見慣れたシチュエーションだからといって、そこに現実味を感じたこともなかったのに――。

すっかり日が落ちて、あたりは真っ暗だった。

僕らは車でコテージに戻りかけ、そして駐車場にさしかかった時、また車の前に飛び出してくる人影があった。

「よかった！　お二人を探していたんです！　電話してもつながらなくて！」

「すみません馬上さん。スマホ、コテージに忘れていってて――」

駆け寄ってきた馬上さんに頭を下げた。

「大変なんですよ！ 谷さんが、警察に連れて行かれてしまったんです！」

「え？ 谷さんが？ 話を訊かれているだけじゃないんですか？」

「いえ……それが、谷さんの家で『真祖の日輪』の関係者が亡くなっていて……谷さんがカルト集団のことを蛇蝎《だかつ》の如く嫌っていたのは、周知の事実ですし……」

どうやら雲行きが怪しそうなのだと、馬上さんが表情を曇らせた。

「彼らに羊が殺されたに違いないと、ずっと谷さんは言っていたんです。まさか彼がそんなことをするはずないと、みんなそう思ってはいるんですが……」

ひどく不安そうな馬上さんだったが、でもいくらなんでも、警察だってそのまま谷さんを犯人だなんて思わないはずだ。

なので僕らがさっき、一緒に遺体を発見した時、不自然さは否めないものの、病死の可能性も高いことを伝えた。

「心停止の状態ではありましたが、死後そう長い時間は経っていないはずですし、その時間なら、谷さんは牧場の方にいたのでは？」

「そのはずですが……」

「いくらなんでも、警察だってきちんと調べるから大丈夫ですよ。虚血性心疾患――心不全のように見えましたが、確かに亡くなった場所に『何故?』という疑問があります。警察もそうなのでしょう」

彼の家で亡くなっていた以上、彼に話を聞くのは当然だろう。調べればすぐに、彼が犯人ではないとわかり、戻ってくるから大丈夫だと、馬上さんに伝えると、彼はそれでも

「だといいんですが……」と暗い表情だった。

「口の悪いところはありますが、けっして乱暴な人ではなく、頼りになる人なんです――まさか、羊の復讐とか、そういう早まったことをしたのでなければいいんですが……」

「早まるようなことを、される方なんですか?」

僕の背中に隠れるようにして話を聞いていたホームズが、ひょい、と顔を出した。

「いいえ。ただ責任感が強い人なので、もしかしたら羊の件でとうとう腹に据えかねて、凶行に走ったのかもしれない」

「そんなわけありません」

と、その時、暗がりの中からはっきりとした否定の声が響いた。

「彼が人を殺すなんて。彼は猟銃免許を持っているんですよ。人一倍生物の生死に価値観を持っている人です」

あたりは灯が少なく、背の高い木々に囲まれて、かなり暗い。やっと明かりの中に入ってきてそう言ったのは、海外で『羊飼い』の勉強をしてきたという、浅田青年だった。

「つまり、猟銃を所持されているんですか？」

ホームズが驚きに眉を上げながら問うた。

「はい。でも日本は銃の所持に厳しいんです。所持する人間やその周囲に問題はないか、それこそローンの有無なんてところまで、取得前にとことん調べられます。少しでも不安要素のある人間には、許可が下りません」

「確かに……今も銃は所持しているなら、何故銃を使って殺さなかったのか疑問ですね。遺体を隠すそぶりもせずに、自分の家のリビングに放置していたんですよ？　結局自分が絶対に疑われる状況にするなら、殺害方法だってなんでも良かったはずです。彼の行動にはいろいろ矛盾があります」

「食べられない動物は撃たない主義だからかもしれませんが……」

「詭弁でしょう。撃ち殺そうと刺し殺そうと、死は死です」

ホームズがきっぱりと言った。

とはいえ、結局ここで不確定な噂話をしていても、どうにもならない。

「ひとまずミライ基金の卒業生には、警察関係者もいます。なにかわからないか聞いてみましょう」

吸血鬼事件のはずが、とんでもないことになってしまった……なんて思いながら空を見ると、淡い紗を纏ったおぼろの弓張月が、僕らを笑うように見下ろしていた。

7

銃声が聞こえた。

何発も、何発も。

なにもかもが壊れる音の中、途切れることのない悲鳴が上がっていた。それでも僕は、必死に胸骨圧迫を続けていた。

それは熱帯地方の雨季らしく、朝からたっぷり水分を吸い込んだ大気が、じっとりと重い日だった。

息を吸い込んでも、吸い込んでも、肺に上手く入ってこない気がする。

それでも、僕は必死に体重を使って、『心臓』になるのをやめなかった。

手を止めれば、少女が死んでしまうことがわかっていたからだ。

最初はなにが起きたのか理解できなかった。

仲間と数人で買い出しに出たはずの僕は、気がつけば銃撃戦に巻き込まれていた。

悲鳴とともに、英語だけでなく現地の言葉やフランス語、スペイン語まで飛び交っていて、それが緊急事態なのは、僕にも充分わかっていた。

覚悟はしていたけれど、恐怖に全身が震えた。本当に自分は死ぬかもしれないのだ。悪夢の中にいるように、恐怖ですぐには体を動かせなかったけれど、仲間に手を引かれて我に返った。逃げなきゃいけない。

いろいろなことを後悔しながら、仲間たちとマーケットを出ようとしたその時、僕の目に、逃げようとした一人の少女の姿が飛び込んできた。

少女と目が合った。

知っている少女だ。時々雑用を手伝いに来てくれていたのだ。

名前は確かカーチレ。十人きょうだいの末っ子で、いつも幾何学模様の極彩色でかわいいワンピースを纏っている。

学校に行っていないが、本当は医者になりたいと言っていた。姉が妊娠中に髄膜炎で倒れた時、治療してくれた医師に感銘を受けたという。

英語の上手い、聡明な子だった。

妹がいたらこんな感じだろうか。僕は多分、カーチレが好きだった。恋愛感情じゃなく、親愛とか、友愛とか、そういうものだ。彼女の笑顔が好きだった。

特別な瞬間が、スローモーションのように見えるというタキサイキア現象は、脳の誤作動として、そのメカニズムはなんとなく判明していたはずだ。

でも実際に体験するのは初めてだ。

カーチレの体が、僕の前でゆっくりと、揺れた。僕を見つめたまま、そのダークブラウンの瞳が、大きく見開かれる。

刹那、熱い血が、僕の頬を濡らす。

遠くから放たれた銃弾が、少女の腹部を貫いたのだ。

やけに流れの遅い時間の中、カーチレに手を伸ばす僕を、仲間が止めた。

銃声はまだ空気を、そして僕の鼓膜を震わせている。悲鳴が響き渡っていた。

そのまま永遠に続くかと思われた銃声が、不意に止んだその隙に、僕は少女に覆い被さるようにして、その体を診た。

弾丸は貫通していない。彼女の背骨に当たって止まっているのだろう。

彼女はすでに動けなくなっていた。

「ワトソン！」

早く逃げろと、仲間が呼んでいた。

わかっていたけれど、僕は咄嗟に胸骨圧迫を始めた。すぐに全身から汗が噴き出したけれど、今、僕はこの少女の心臓なのだ。

これが命の重みだ。『生きる』のは、とても大変なことだ。

僕一人では担えない。この子は救えない。頭の中でもう一人の僕が叫んでいた。逃げるのだと。

早く。

早く。

早く。

それでも僕は、どうしてもその場を離れることができなかった。この銃撃戦をやり過ごしさえすれば、この子の命は助かるかもしれない。

もしかしたら——そう、もしかしたら。可能性はゼロじゃない。

「ワトソン！」

もう一度仲間が叫んだ。

「先に行ってください！」

けれど、まだ新米の僕を、特に気にかけてくれていたマレー医師は、少女を見捨てていけない僕と同じように、僕を置いていけなかったのだと思う。

「もうダメだ、ワトソン。その子は助からない」

「いいや、まだわからない」

「いいやわかるさ。わかってるはずだ。落ち着くんだ。この子はもう死んでいる。今の最善は、君が逃げることだ」

仲間を先に行かせながら、マレーが言った。

「君は混乱してるんだワトソン——それとも君は、私に君の死体を診せるつもりなのか？」

まっすぐに、血だまりの中にいる僕を映した青い目にそう言われて、急に目が覚めた。

だけど僕は、それでもすぐに動けなかった。恐怖で腰が抜けていたのかもしれない。父と同じくらいの歳のマレー医師は、覚悟を決めたように僕を背負おうとした。

その時だ。

手が、誰かの手が、僕の足首をつかんだ。

なにが起きたのかわからなかった。

でも確かにつかんでいたのだ。細い手が——死んだ、カーチレが。

褐色の手が、僕の足首をしっかりとつかんで離さなかった。

「え?」

おかしいと、マレー医師も思ったのだろう。

その瞬間、がっくりと力なく横を向いていたカーチレが、くるっと僕らの方を見た。

『Don't go that way《いっちゃだめ》』

ひゅっと、恐怖に喉が鳴った瞬間、カッと目の前が明るく輝き、爆音とともに灼熱の風が——。

がばっと胸元を押さえて飛び起きると、そこはコテージだった。

いつの間にかソファで眠ってしまっていたようだ。

記憶に従って、続いて襲ってくるはずの痛みに無意識に備えたが——そのまま1分以上待ってもなかった。

「…………」

そりゃそうだ。ここは日本で、北海道で、池田町だ。ソファは紛争地帯じゃない。

「……っ」

けれど、あの時の恐怖がまた、止めどなく溢れて僕の心をかき乱した。ホームズの前で、平静を装っていたし、自分でも思ったより平気だとは思っていたけれど、全然そうじゃなかった。

谷さんの家で診た遺体が、あの日のことを思い出させたのだ。

ソファの上で身を縮こまらせ、必死に震える体を押さえ続ける。恐怖は寒さに似ている。

あの日、僕らの目の前で爆発が起きた。自爆テロだ。

先に逃げた仲間は爆発に巻き込まれ、半数が命を落とした。

結果的に僕とマレー医師は助かったのだ。マレー医師は片目を失明し、僕は足と肩に深い傷を負ってしまったけれど。

あの時カーチレが足首を掴まなければ、二人ともどうなっていたかわからない。

でも彼女は確かに死んでいた。彼の言うとおり、本当はわかっていた。

死後硬直や、反射で遺体が動くことはある。でもあんなふうに、僕の足を掴み、そしてしゃべるのは無理だ。

だけど間違いなく、僕は聞いたのだ。彼女の声を。『行っちゃだめ』と。

あの子は僕を守ってくれたのだ。

宇宙人やUMA、神の存在は信じられなくとも、僕がそういった超常現象を、頭から否定しない理由はそれだ。

危険を顧みずに足を止め、爆発の後意識を失っている僕を、自らも傷つきながら背負い、助けてくれた親愛なるマレー医師のことを危機から救ってくれたのも、死者だった。

不可思議なことを、存在しないと言い切るのは簡単だ。

けれどそうやって否定をするのは、可哀想なカーチレの優しさを、あの子の愛情を蔑《ないがし》ろにするのと同じなような気がして、どうしても嫌なのだ。

だから河邊氏と夏菜ちゃん——ホームズたち二人とも信じられた。

もしかしたら、咄嗟に河邊氏を事故から庇ったという、夏菜ちゃんのその姿が、カーチレと重なっているのかもしれない。

だとすれば、やはり宇宙人や吸血鬼の存在も、信じなければならないのだろうか？

殺人事件の直後ということもあり、一応夜間の調査は中止した。谷さんの事件のことも気になる。吸血鬼なら行動時間は夜だろうが、とはいえ命を危険にさらすのは本末転倒だ。彼女たちは生きるために、未来のために超常現象を調べているのだから。

谷さんの事件についても、なにかわからないかとハドソン婦人を通じ、ミライ基金の特待生に調べてもらうことになった。

彼らが『子供たち』と呼ぶ、ミライ基金の特待生は、道内の第一線で活躍している。

時計を見ると、深夜0時を少し過ぎていた。

今日一日、運転や慣れない作業の連続で疲れたのか、どうやら2時間ほど眠ってしまっていたみたいだ。

慌ててハドソン婦人からのメールを確認すると、案の定日付が変わる前に、彼女から返信が2通届いていた。

最初のメールはチュパカブラの件だ。

『まだ情報が少ないので分析は難しいですが、最初の2頭は共に新月の翌日に死骸が見つかっています。残り2頭は完全に月は消えていませんが、天候を調べたところ、発見前夜は曇天です。現場に血痕がないということですから、暗い夜を選んで、羊を農場に遺棄している可能性があります』

やはり例の林道から、暗い時を狙って遺棄しているのだろうか？

更にハドソン婦人は、羊のサイズからみて、犯人は複数人と思われること、そして4頭とも比較的大きな雄羊が襲われているが、聖書のレビ記において、生け贄に捧げられた山羊は雄であることや、アブラハムが息子の代わりに捧げた羊も雄であることを踏まえ、なにか儀式的な意味合いがある可能性や、雌よりも大きな個体であることから、その分、血液の量も多いのではないかと考えられる——といった、推測を述べてくれた。

確かにイスラム教の犠牲祭《クルバン・バイラム》でも、好んで捧げられていたのは雄羊だ。

宗教的な意味合いといわれると、やはり『真祖の日輪』のことが頭をよぎる。

いささか短絡的な気もするが、例の団体がなんらかの関与をしているのかもしれない。

そんなことを思いながら開いた2通目は、谷さん事件に関わるものだった。

捜査状況など、細かい部分までは明かせないが、被害男性の死因は薬物の急性中毒で、体内からシクトキシンが検出されたらしい——と、転送されたメールに記載されていた。

「シクトキシン……？」

シクトキシンは、一部の野草に含まれる毒物だ。よく似た山菜と間違えて、誤食されることもある。まさに山菜の時季である今、注意が必要な毒草だ。

単純に誤って食べたとしても、この時季ならまったくあり得ることだ。とはいえ、それで、どうして谷さんの家に？　という疑問は残るし、シクトキシンは比較的吸収の早い毒物だ。効果は摂取後数分で訪れる。

助けを呼ぶためというなら、わざわざ無人の家に入る必要はない。それにあのダイイングメッセージの謎も残る。

考えても答えは出そうにないので、ひとまず馬上さんが気を利かして用意してくれた、ワインに手を付けることにした。

清舞スウィートは、開けて気がついたが、珍しいことにポートワインだった。独特の香りと甘みがあるが、さらっとしているし、渋みもしっかり感じて、なかなか個性的な味だ。でも嫌いじゃなかった。チョコレートなんかと相性が良さそうだ。

ホームズはもう眠っているのだろう。ほっとした。子供の前では、あまり酔いたくない。

再びハドソン婦人のメールに目を通す。

被害者の所持品には、ちゃんとスマートフォンが含まれていたらしい。だったら余計、メッセージは電話で伝えればいい。謎は深まるばかりだ。

そしてもう一つ奇妙なのは、彼は手の中に、女性ものの婚約指輪を握っていたことだ。もしかしたら、この指輪の持ち主が犯人なのかもしれない。

他にも、彼女は真祖の日輪についても調べてくれていた。けれどそもそも、この教団についてわかることはわずかだったようだ。

できてまだ10年足らずの教団で、開祖はシュタイナー系の学校を卒業していることもあり、ある種の生活スタイルを重んじている可能性は高い。

馬上さんたちが『ヒッピー』と喩えたように、一般社会から乖離したコミューンで、集団生活をしていることは間違いないようだ。

けれど宇宙人を信奉しているわけではなく、また既存の宗教に則ったものでもなさそうだ。

その独特さから、しばしば周辺住民と折り合いが付かず、移転を繰り返している。

「せめてもうちょっと具体的なことがわかればなあ」

ノートパソコンに向かうのがけだるくて、ソファに横になってスマホで作業をしていると、どうやら寝ていなかったらしいホームズが、半分ほど空いた僕のグラスに、ポートワインを継ぎ足してくれた。

「…………」

その手慣れた仕草と、ホームズらしからぬ気遣いに、僕は慌てて起き上がった。

「か……河邊さん？」

「よくわかりましたね」

ホームズとはまた違う、口を横に引く薄い笑み。

彼の方が年下なのに、その落ち着きぶりというか、漂う貫禄に、いつも緊張してしまう。

彼がイヤホンを外すと、メンデルスゾーンが流れていた。すでに仕事を済ませた後らしい。「おそらくあと2分ほどです」と、彼は少し目を伏せた。

「やっぱりもう少し……日常の方には時間は割けないんですよね？」

「なかなか難しいですね。どうしても仕事を最優先にしなければならないので」

それはそうだ。ハドソン婦人は彼がこの限られた時間に、一日分の仕事をこなせるように、日々頭を悩ませているくらいなのだから。

「それに、私がこうやって表に出られる時間も、その日によって若干の差はありますが、ハドソン君の話によると、少しずつ短くなっていっています」

3曲分の日もあれば、4曲5曲リピートできる日もある。その毎日の入れ替わり時間を、ハドソン婦人は二人が入れ替わって以来、毎日きっちりと計測しているらしいが、その平均時間は少しずつ短縮していっているそうだ。

「それに……こちらもゆっくりとした変化ではありますが、夏菜の体のバイタルサインも、下降線をたどっています」

今はいい。主治医の話でも、半年～1年ぐらいは大丈夫だろう。でも2年後はわからないし、急変しないかの保証もない。

「私たちは、二人で沈みかけた船に乗っているんですよ」

そして船が沈んだ後、救われるのは誰なのか——。

もう一つ用意したグラスに、手酌でポートワインを注ぐと、彼はその深い赤を明かりに照らして、「血のようだ」と呟いた。

確かにこの暗赤色は、二酸化炭素を多く含んだ静脈血に似ている。

「けれどその方法は、いまだにわかりません。だからできることをするしかないんです」

「せめてもう少し、現実的な方法があるといいんですが」

そう僕が言うと、彼は珍しく「ははは」と声を上げて笑った。

「体が入れ替わるという、この上ないほど非現実的なことに、現実的な解決法を求めるんですか？」

なるほど、確かにそれは言い得て妙だ。

「……私の方でも情報収集に当たっています。貴方は危険のない程度に、その真偽を確かめてください——いや正確には真偽を確かめようとする、彼女の力になってください」

そこまで言うと、彼は自分のグラスをカチンと軽く当てて、それを一気に飲み干した。

「……貴方に期待しています——私の体を、どうぞよろしくお願いします」

そう言って河邊氏は握手を求めると、そのままの勢いで僕をにぎゅ、と親愛のハグをした——かと思いきや、どうやら体の主導権を、ホームズに奪い返されてしまったらしい。

夏菜ちゃんはもう、眠っているようだ。

仕方なくずるずると、その体を引きずるようにして、なんとかベッドに運んで寝かせる。

僕もソファに戻ってグラスに残ったワインを呷《あお》ったけれど、眠れそうにもない。

仕方ないのでもう一本ワインを開けて、むりやり目をつぶった。

怖い夢を見るのはもう嫌だ。

眠りに落ちる寸前、外で誰かの足音を聞いた気がした。

チュパカブラかもしれないと思ったけれど、起き上がってみる勇気を持てないまま、僕は意識を手放した。

8

寝不足と深酒のせいで、まったく爽快感のない朝、僕はせっかく用意してもらった朝食に、ほとんど手を付けられなかった。

「どうしたんですか?」

「いや……」

地元の食材をふんだんに使った朝食の一品、モッツァレラチーズのみそ漬けと、そして温玉を焼きたてパンに乗せ、黄身がトロォっとなった瞬間にぱくっとかじって、満面の笑みを浮かべるホームズ。

朝から話題はハドソン婦人から来たメールの話ばかりだ。食欲の湧く内容じゃない。

「ただ……その、今日はどうしたらいいかと思ってね」

結局そう誤魔化すように言った僕に、「ああ」とホームズは頷いた。

「そんなの簡単です。宇宙人を崇める人たちのコミュニティにお邪魔しましょう」

「え？」

「だって、他に方法がありますか？」

あっけらかんと、本当にこれ以上簡単な話はないというように、ホームズが笑った。正攻法と言えば正攻法だが、無謀と言えなくもない。

「そうだけど、でもさすがに不幸があった直後に押しかけるのは……」

「だからじゃないですか。心の揺れ幅が激しい時、人は嘘をつくのが下手になります」

たとえそうだとしても、家族を失って悲しみに沈んでいるだろう人たちを、そんなふうに引っかき回すというのは、人としてどうなのだろうか。

そう躊躇《ためら》いはしたけれど、さりとて他に思いつく方法はないので、結局朝食後、ダメ元で訪ねてみようという話になった。

自分でネクタイも締められないホームズの着替えを手伝い（「あの子、身支度が下手なので、宜しくお願いします」と、夕べメールでも念を押されていた）、コテージのセンターI棟に行くと、浅田青年がいた。

夕べの足音が気になって、また羊が襲われていないか、宿泊客は騒いでいなかったか訊いた。シーズンオフの平日であるため、僕たちの他に宿泊客はいなかったらしい。

ざわっと怖くなって、インターネットで事故物件のデータを集めたサイトを見てみたが、ここは特に事件が起きた記録はなかった。ただ昨日の話だというのに、谷さんの家を『変死者あり』と、すでに誰かが書き込んでいて、改めてネットの恐ろしさを垣間見た気がした。

幽霊もだが、人間も怖い——でもやっぱり幽霊は本当に怖い。

思わず今日特になにもわからなかったら、一度札幌に帰ろうとホームズに提案したが、彼女は「ええ？　なんでですか？」と不服そうだ。

どうやら谷さんも、まだ警察に拘束されているようだ。こんな中途半端な状況では帰れないと、彼女にきっぱりと言われてしまった。態勢を立て直すのも、大事なことだと思うのだが……。

なにはともあれ、僕らは10時過ぎにコテージを出て、『真祖の日輪』の教団施設を訪ねた。

2メートルを超えるコンクリートブロックに、更にご丁寧に忍び返しまで付いた高い塀は、閉鎖病棟や牢獄を思わせる。

その威圧的な護りの壁は、外部の人間を寄せ付けないためか、それとも中の人間を閉じ込めるためかはわからない。

それでもインターフォンを鳴らすと、柔らかい女性の声が僕らを迎えた。

門前払いされるかと思いきや、30代くらいの女性がきちんと表に出てきて、対応をしてくれたことには驚いたが、とはいえ、当然歓迎はされなかった。

「失礼ですが、事前に面会のご予約はありますか？」

「ありません。ですが、責任者の方にお話を伺いたいんです」

「申し訳ありませんが、現在取り込み中なのです。3日後くらいに、改めて下さるとありがたいのですが……」

肩の下まで伸びた黒髪と、レトロな雰囲気を感じさせる、プリントワンピース——でもなにより目を引いたのは、彼女はおなかが膨らんでいたし、その目は泣きはらしたようにぽったりとしていて、やはり無理は言えないと、そんな気持ちになった。

「お邪魔になる前にすぐに帰りますから。どうか1時間だけお願いします」

けれどホームズは遠慮どころか、一歩も引かない構えのようだ。

「でも……」

「別に貴方でなくてもいいんです。一人ぐらいは悲しんでない人もいるでしょう？」

なんて失礼なことを言うのか。僕は思わずホームズを肘で小突いたが、おそらく彼女は黙らないだろう。

「あの……せめて外部対応の担当の方はいらっしゃらないのでしょうか。本当にすぐお暇致しますので……」

これ以上ホームズが失言で女性を困らせないよう、諦めて僕はそう願い出た。

「とにかく、責任者の方にご確認いただけませんか？」

「それは……」

そうしつこく食い下がる僕らに根負けしたように、やがて彼女は「わかりました」と言って、一度中に消えた。

もしかしたら、僕らが諦めるのを待っていたのだろうか。結局そのまま30分以上待たされて、あまりの退屈さに、ホームズが真顔で「しりとりをしませんか？」と言い出した頃、ようやく一人の男性が現れた。

年齢は60代……いや、もしかしたら50代くらいだろうか。灰色の頭髪が、年齢不詳の男性だった。非常に背が高く、必然的に見下ろされる形になるので、なんとなく居心地の悪さを感じる。

頭髪と同じ色のひげを蓄えた男性は寡黙そうで、なんとなく昔見た子供向けアニメの――そう、ハイジのおんじに似ていた。牧歌的な服装が、余計にそう思わせるのかもしれないが。

「立橘《たちばな》と申します。私がお話を伺いましょう」

そう言って男性は、僕たちを物々しい入り口から、施設の中へと誘った。中に入って大丈夫だろうか？　と迷っている間に、さっさとホームズが彼と中に入っていってしまったので、慌ててそれを追いかけた。

思わずホームズが呟くほど、外の重厚な壁とは対照的に、中は緑に溢れていた。

いわゆるパーマカルチャーといえばいいのか、まるでファンタジーを思わせる木々と建物が一体化したような風景は、新緑の時期を前にしても美しい。

歩道には白い乱形石が敷かれ、庭や畑が芽吹くのを待っている。

ガゼボの横には水車もあって、敷地内には細い川が流れているようだった。

「綺麗ですね」

「昨日……ここの責任者の愛息が、亡くなりましてね」

「それはお悔やみ申し上げます」

僕の返事を聞いて、一瞬怒ったように振り返って足を止めた。

「てっきりその件でいらっしゃったのかと思いましたが？」

「いいえ、私たちは、超常現象について調べているだけです」

「超常現象？」

立橘氏の不信感をたっぷり含んだ言葉へ、ホームズが返した。立橘氏が驚きに更に顔をしかめる。

「別件で池田町に調査に来たのですが、町民の方からこちらで宇宙の研究をしていると伺いまして」

ホームズがまた余計なことを言い出さないうちに、僕が間に入った。

「宇宙の研究ではありません。生命そのものの研究です」

「生命、ですか？　そ……それはとても神秘的な話です。是非伺いたいです」

てっきり僕たちが、死亡事件の話か、もしくは冷やかしに来たかと思っていたらしい立橋氏が、真剣な顔で答えた僕に、「ほう？」と感心したように頷いた。

正直その生命うんちゃらに興味はないが、まず懐に入らなければ、なんの話も聞けないだろう。あの塀から見るに、彼らは警戒心が強い。

「マスコミとか、そういう立場の方でもないのですか？」

「いいえ違います。超常現象を多角的に調査し、精査する研究機関から参りました」

そういって、例の胡散臭い名刺を渡すと、案の定立橋氏は怪訝そうな顔をした。

「形から入るのも大事なことかと。作家のコナン・ドイルも超常現象の研究家でしたから」

立橋氏はわかったような、わからないような……という表情で、しばらく悩むように腕を組んで黙ってしまった。

「……普段、外から来た方への対応は、私の息子と昨日亡くなった稲彦《いなひこ》君が担当しているんですが、二人は幼いころから兄弟同然に育っているのでね……」

「それは……さぞ消沈していらっしゃるでしょう。急に押しかけて申し訳ありません。ですが、私たちも明日には帰る予定で……ご迷惑でしょうが、是非その宇宙と生命についてのお話をお聞かせ願えませんか?」

「息子は遺体の確認から帰ってきて以来、塞ぎ込んでいるんですが……長い時間は割けないが、そういったことでしたら、私が少しお話しいたしましょう」

そう言うと、彼は僕らを、一番大きな建物へ案内した。そして、廊下ですれ違った先ほどの女性に「応接室ではなく、私のオフィスにお茶を」と言って、僕らをそのまま施設の奥まで誘った。

教団池田支部の責任者でもある、亡くなった十波《となみ》稲彦氏の父親は、朝から警察に出かけているそうだ。言葉を濁していたが、死因が毒物と判明した以上、警察が捜査中なのだろう。

また警察が訪ねてくるようなら、そちらの対応をしなければならないので、僕たちには帰ってもらうかもしれないと前置きした上で、彼は僕らを自分用の事務室に通した。

デスクにはファイルなどの他、宇宙などに纏わる本や、自費出版系とおぼしき、見慣れない背表紙が並んでいる。

他にも奇妙な獣神や蟲《むし》のモニュメントが鎮座し、壁には輝く太陽を背負った巨大な蜘蛛が描かれていて、ホームズは無意識にか、不安そうに僕のジャケットの裾を、ぎゅっと握った。

あまりに異形すぎる信仰の形に、面食らった僕たちに、立橘氏は「我らの神です」と誇らしげに言った。

「我々はオドマンコマ・ニャンコポンの子、アナンセセムとその妻アソを信奉する星の子として、宇宙を崇めているのです」

「ニャンコポン……?」

一瞬、ふざけているのかと復唱した僕のジャケットを、ホームズがくん、と引っ張る。

「アフリカの神話ですよ、ワトソン」

「ご存じなんですか?」

「はい。あまり詳しくはありませんが、すべてを造りたもうた神《オドマンコマ・ニャンコポン》でしたら——ああ、なるほど、だから真祖の日輪なんですね。日輪は太陽、ニャンコポンは太陽神です」

知らないんですか? と、むしろ僕は知っていて当然というふうにホームズは言ったが、アフリカはさまざまな信仰が入り乱れた土地なのだ。

中でもイスラム教が多かった印象だが、カトリックも少なくはない。

「土着の信仰は、あまりに多種すぎて、把握するのは難しかったんですよ」

「アフリカに行かれた経験が?」

そんな僕たちのやりとりを聞いていた立橘氏が問うた。

「ええ。僕は少し前までアフリカで暮らしていました」

答えると、彼は「アフリカ!」と言って、宙を仰いだ。

「素晴らしい！　彼《か》の地は我らの聖地です。すべての人間のミトコンドリアが繋がる場所、そしてそのミトコンドリアをもたらした母・アソの夫こそが、宇宙から飛来した我らの父、アナンセセムなのです。人類は神に愛された一人の幸運な女性から生まれたのですよ」

「なるほど、つまり、ミトコンドリア・イブですか……」

「ご存じですか？　人類は一人の女性から始まっているという事実を。そして我々の神話では、彼女の夫こそがアセンセセムなのです。つまり我らは全員、神の子なのです！」

立橘氏は、自身に満ち溢れたまなざしで、高らかにそう言った。

そうなのか？　というように、ホームズが僕を見た。彼女が進化論に興味がないことは、学校の成績や日頃のやりとりでなんとなくわかっている。彼女にとって人間がどうやって生まれ、どう進化したかなんて、どうでもいいことなのだ。

仕方がないので、余計なことを言われる前に、一応頷いておいた。

けれど立橘氏が自信満々に語る『人類の起源』には、少々誤解がある。

『ミトコンドリア・イブ』とは、母親からのみ子供に受け継がれる、ミトコンドリアDNAを調べた場合、世界中の人間が、ある一人の女性にたどり着くという、研究結果だ。

現在多くの学者が支持する、自然人類学の学説である『アフリカ単一起源説』、つまり、人類はアフリカに生まれ、世界中に広がっていったという説については、確かに僕自身もそう異論はない。

けれど彼の言う、『すべての人類が一人の女性から生まれた』という説は正しくない。

確かに150人近いさまざまな人種のDNAを調べた結果、みなある一人の女性のミトコンドリアDNAを持っていることはわかった。

ただこれは、一人の女性が人類の母というわけではなく、母親からのみ遺伝するミトコンドリアDNAのある一つが、幸運にも消滅せずに現代まで引き継がれたという、一つの事実に過ぎない。

約20万年前のDNAが、途切れることなく今に至るのは奇跡かもしれないが、人類の始まりが一人の女性であるというのは大きな誤解なのだ。

単純に脈々と続いてきた自分の祖先が、どこかの段階でこのミトコンドリア・イブのDNAを持つ女性と結びついた、ただそれだけのことだ。

同様に、父親から息子にしか受け継がれないY染色体のアダムも存在しているが、けっして一人のミトコンドリア・イブと一人のY染色体アダムが、人類の最初の夫婦なわけではない。

人類が持つ共通遺伝子で、それぞれ一番古くまで遡れた遺伝子が、ミトコンドリア・イブとY染色体アダムというだけだ。

立橘氏のような年かさの男性が、誤った学説を信仰のレベルまで持ち上げ頭を垂れているのかと思ったら、あまりにも滑稽すぎて、僕は困惑してしまった。

とはいえ、信仰というのは、そもそもがある意味盲目的で熱狂的なものだ。そしてそれでも強く信じるからこそ、医学では説明のつかない奇跡を起こすこともある。

「この、輝く太陽を背負った形の蜘蛛が、そのアナンセセムですか？」

けれどそんなことを知らないホームズが、興味深そうに蜘蛛の壁画を指し示す。

太陽を背負う蜘蛛。それは女性に覆い被さるように空から降りてきていて、その周辺にはハチと、ヒョウと、ヘビの絵が描かれていた。

「そうです。彼は雲の姿でこの世界に降り立ち、アソに求愛をしたんです」

それを聞いて、「アナンセセムは、アナンシとも呼ばれていて、蜘蛛の姿をした文化神、トリックスターなんですよ」と教えてくれたホームズに苦笑いを返した。

「池田町と、いったいなんの関係があるんでしょう？　宇宙というなら、森町《もりちょう》や八雲町《やくもちょう》の方が良かったのでは？　北海道随一のＵＦＯ目撃証言がある町です」

「神託です。宇宙神がこの地を聖なる場所とお定めになりました」

彼らは蜘蛛を育て、その巣の状態で神託を得ているそうだ。ホームズは興味のあることなら聞き上手なのだろうか。立橘氏は気をよくしたように、ホームズの質問に次々答えてくれた。

「私たちは神託に従って、この地で畑を耕し、家畜を育て、糸を紡いで生きています。でもそれだけです。自然に寄り添っているというだけで、皆さんとなにも変わりません」

「家畜……ですか。牛や鶏ですか？ 糸を、ということは、羊もでしょうか？」

「ええそうです。たくさんではありませんがね。今は可能な限り自給自足を目指していま
す。やはり外から仕入れるとなると、トラブルの原因になりかねないので」

ちょうどお茶を淹れて持ってきてくれた、先ほどの女性を見て、彼女はとても上手に糸を紡ぐのだと、立橘氏が褒めた。

教団の女性は、糸を紡いで編むのが上手いことが美徳だそうだ。原始の母アソも、その糸を紡ぐ巧みさによって、神に見初められたらしい。

「そうですか。だったら最近、近くの牧場で、羊が怪死しているお話はご存じですか？」

それを聞いて、すかさずホームズが立橘氏と女性に問うた。

「…………」

一瞬、ほんの一呼吸、不自然な時間が流れた。

「初めて聞きました。けれど生き物の生も死も、すべて太陽の神がお決めになることで
す」

そんな空気を跳ね飛ばすように、立橘氏が張り付いたような笑顔で言って、女性を下がらせる。

けれど僕とホームズは、逃げるように部屋を出た女性の顔色が、確かに変わったのを見逃さなかった。

「可哀想な羊を弔うことできますが、けれど万物の死には神のお考えがあります。我らの輝ける子が命を落としたのもまた定めであるように、羊たちもまた、そこで宇宙に還るべき運命だったのでしょう」

「それが、自分たちで大切に育てている家畜だとしてもですか？」

「むしろこう考えてはいかがでしょうか？　羊たちは神に選ばれたのだと。私たちも羊は神聖な動物として飼育しています。肉と革、羊毛――彼らは私たちに沢山の恵みを与え――」

「すべての死が運命なら、その稲彦さんの死だって、全部運命じゃないんですか？」

「…………」

にこにことといつも通りの笑顔を浮かべ、ホームズから立橘氏に向けられた問いかけは辛辣だ。

それまで、愛想良く、饒舌だった立橘氏の表情が、一瞬にして凍り付いた。

「……すべてが神のご意志とはいえ、愛する者が旅立つのは寂しいものです」

「お優しいんですね」

「息子の親友であり、私の親友の息子でもあった青年です。私も大事に思っていましたよ
――それ以上の話は、今はしたくありませんね」

「だったら、貴方の息子さんからお話を伺えませんか？」

「息子は昨日からすっかり動揺し、部屋に閉じこもっている。どうしてもというなら、日を改めていただけませんかな」

不躾な僕らに、彼は嫌悪感を露わにして、ホームズの希望をはねつけようとした。

「せめてご本人に、確認だけでもしていただけないでしょうか？」

「しかし……」

「確認だけならいいじゃありませんか。それとも必死に隠さなきゃいけないような、都合の悪いことでもあるんですか？」

「そうは言っても、息子は親友を亡くして……」

けれどそこで、僕らがけっして引かないことを思い出したらしい立橘氏は、押し問答の末にふう、と諦めの息をこぼした。

ここに入るために、30分以上待っていたのだから、断ったところで同じように居座られるだけだと悟ったのか、立橘氏は仕方ないという調子で、とうとう電話を手にする。

「この通り、いくら電話をしても、夕べから電源を切っていて繋がらないんですよ」

もちろん彼の演技だったり、本人以外の番号にかけた可能性もあったが、確かに電話から漏れ聞こえる音は、電源が入っていないというアナウンスだった。

そんな聞き耳を立てる僕らに、彼は自分の電話《ガラケー》を見せる。確かにその窓に表示された登録名は『堅梧《けんご》』と書いてある。彼は「息子です」と言った。

「申しあげにくいのですが……本当にお元気でいらっしゃるんでしょうか？」

「え？」

「そっとしておくのも大切な優しさではありますが、その……本当に消沈しているなら、ある程度周囲も彼の健康状態など、しっかり把握されている方が安心じゃないかと思いますが」

立橘氏の顔色がまた変わった。僕が暗になにを言っているか、理解したのだ。

「……確かに、今朝は、朝食にも手を付けず部屋に閉じこもったっきりだ」

「そうですか……ただの杞憂であればいいんです。ご健康であれば。でもやはり、本人は望んでいなくても、一度顔を拝見されることをおすすめします」

特に一つの死によって、自分も死んだような気持ちになるのは、珍しいことじゃない。そのいなくなった人の存在感が大きければ大きいほど、その人の心も死んでしまうのだ。

「いや、そんな……まさか早まったりっていうことは……」

そう言いながらも、立橘氏はもう一件どこかに電話して、「堅梧の様子を見てきてくれないか？」と話した。

自分で行きたいのは山々だろうが、僕らをここに置いていけば、なにをするかわからないとでも思っているのだろう。

彼はそわそわしながら、それでも平静さを装おうとしてか、お茶を飲んだり、まったく関係ない最近の天気の話なんかを僕らに振った。

その緊張が伝わってきて、僕まで落ち着かず、妙に、待ち時間が長く感じられた。

そうして10分ほど経っただろうか。一件の電話が立橘氏の元に届いた。

「……なんだって？」

ほぼ着信と同時に電話に出た立橘氏の、その表情が変わった。ただ少なくとも、その表情は悲嘆、というよりは困惑の色だった。

「どうかしましたか？」

電話を切るなり、彼は顔を真っ青にして僕らを見て言った。

「息子の姿が……消えました」と。

9

施設内に車もあることから、てっきり部屋にこもっていると思われた堅梧氏だったが、結局、施設中を探しても、その姿はなかった。

入り口の防犯カメラをチェックしたところ、彼は昨夜0時前に、ひっそりと身を隠すようにして施設を抜け出していた。

悲しみに暮れて、閉じこもっているわけでないのは幸いだ。けれど、連絡がつかないことには変わりない。彼の無事は確認できていないのだ。

結局、見つかり次第、連絡をくれると約束を取り付け、僕らは教団施設を後にし、昼食を取りにいくことにした。

見上げた空は昨日の快晴が嘘のように、灰色の雲が今にも落ちてきそうなほど、重そうに僕らに覆い被さってきている。

昨日出会った遺体の最後の晩餐が、カレーうどんだったのを確かに見ているのに、ホームズはそれでも昼食にカレーうどんを所望した。

彼女はとにかく気に入ったものを、延々続けて食べる癖がある。

とはいえ、次にいつ来られるかはわからない。まあ、美味しいからいいか。

でも昨日と違ってちょうど昼時。ゆでおきしないスタイルの人気店だ、駐車場で30分ほど待つことになった。その間に作戦会議だ。

例のアフリカの神話について、なにか調べられないかハドソン婦人にメールを送ると、10分ほどで返信ではなく、直接電話が来た。

『調べましたが、どうやらアシャンティ人の信仰のようです。アナンセセム……アナンシは特に、西アフリカに広く伝わる神話の神様で、さまざまな教訓に使われる、文化神ですね。働くのが嫌いなようで、痛い目に遭っていますが、英雄でもあるようです』

日本神話のスサノオみたいですね、と彼女は電話口で言った。

「ハチやヒョウが出てくる話はあるかな？　壁画に描かれていたんです」

『おそらく……天の神の試練でしょうね』

「試練？」

『ええ。天の神に嫉妬したアナンシが、与えられた試練です。スズメバチとヒョウ、毒蛇を無事捕まえて差し出せたら、貴方を物語を統《す》べる神にしましょうと、そう言われて達成した試練です。だからアナンシは、すべての物語の王とも呼ばれています』

ハドソン婦人は答えた後、『ずいぶん仰々しい二つ名だわ』と、小さく本音を漏らした。

とはいえアフリカの多くの民族は文字を持っていないから、口伝や物語の重要性が極めて高い。物語の王というなら、それは確かに愛され、人と共にある神なんだろう。

『そうそう、SNSの方も調べておきました。やっぱり、亡くなった十波稲彦さんとおぼしき投稿は確認できませんでした』

「ホームズが言っていたとおり、撮影機器がありませんでした。スマホは持っていたとして、自分の死ぬ瞬間を撮影するなら、目に付くところにあるはずですね」

『そして、事情聴取中の谷さんですけれど……あまり雲行きが良くないかもしれません』

「え？ でも、彼はずっと牧場にいたんじゃないんですか？」

『ええ。でも広い牧場での作業ですから。犯行時刻に彼と一緒に作業していた人や、作業中の彼を確かに見た、という人がいないみたいです。ただ――』

「ただ？」

『シンクに綺麗に洗われたグラスが四つあったそうです。谷さんに覚えはないそうだから、もしかしたら犯人は複数人なのかもしれません。微かに検出された成分は珈琲のようですが、そこから毒物は検出されませんでした』

「私が気になっていたのは、その毒物のことです。誤って食べたのか、それとも誰かが意図的に飲ませたのだとしたら、その方法ですね。大の大人に無理矢理毒を飲ませるのは、けっして容易なことじゃないです」

スピーカーにして話していた僕らに割り込むようにして、ホームズが身を乗り出して言った。確かになにか巧妙に飲食物に紛れ込ませるにしても、致死量分を警戒されずに飲み込ませるのは、難しい。

『でも、必ずしも今回の吸血鬼事件に、殺人事件やその教団が関わっているという証拠はないわ。貴方たちの仕事は、吸血鬼事件を解決することよ。殺人事件のせいで捜査が滞るようなら、明日には一度帰ってきたらどうかしら？』

「でも……」

その提案に、ホームズは一瞬不満そうに顔を顰《しか》めたけれど、僕はその意見には賛成だ。

「目的がブレているよ。僕らが関わるべきは、吸血鬼だ。違和感を覚えるのもわかるけれど、これは僕らの仕事じゃないよ」

「……違和感？」

僕の説得を、険しい顔で聞いていたホームズが、怪訝そうに言った。

「これは違和感じゃありません、ワトソン。そうじゃありません。パズルのピースが足りていないだけです」

そう言うと、ホームズは泣きそうな、悔しそうな顔で目を細めた。

「貴方にはなんにも見えていないんですよ、ワトソン。目に入ったものを、きちんと観察していない――なんにもわかってないんです」

そう言うとホームズはまた重く沈んだように、黙り込んだ。もしかしたら、なにか『次』のことを考えているのかもしれないが。

でも幸い、すぐにうどん屋の席が空いて、僕らは店内に入って昼食を取った。

通されたのがカウンター席だったのも幸いだった。僕は口をきかないホームズではなく、もっぱらたまたま隣に座った中年女性と話をした。

店の常連という、近くの農場で働く女性は饒舌で、そして会話好きらしく、情報通だった。

殺人事件のことや、真祖の日輪についても、噂を聞くことができたのがありがたかった。なんだかんだで、谷さんが心配だったのだ。

真祖の日輪自体は、あまり評判が良くなかった。異質な存在に、町民が抵抗を感じているのは確かなようだ。

けれど死んだ稲彦氏や、いなくなった堅梧氏のことは、彼女もよく知っていた。

「積極的に祭りとかに参加して、町に溶け込もうとしてるみたいでね、まあ……悪い人たちではないって思ってはいたんだけどねえ……」

そう曖昧に言葉を濁す女性に、それ以上深入りしなかったのは、やっぱりこれは僕らの仕事じゃなかったからだ。

警察は動いている。それに消えた堅梧氏が、もしかしたら事件に直接関与している可能性だってある。僕らが引っかき回す必要はない。そういうのは警察に任せるべきだ。

でも内心、彼女の話がずっと僕の心に引っかかって、せっかくのちくわおろしぶっかけを、満足に味わえなかった。もしかしたら、さっきホームズに言われた言葉のせいで、ムキになっているのかもしれないが。

とはいえワインに始まって、珍しい羊の牧場　池田牛、他にも名産だという、ブランド長いもネバリスター……積極的な品種改良やブランド化など、池田町は意識が若いというか、閉鎖的な雰囲気は感じない。

『外から来た存在』に対する拒絶意識も、比較的薄いように感じる。もともと北海道は移民の多い土地だ。

つまり、明確に拒絶されるには、なんらかの理由がある気がする。

とはいえ、結局僕が考えても、それ以上は思いつかない。けれど横でじっと遠くを見つめてなにかを考えているホームズには、本当になにかが見えているんだろうか？

「おいしかったね。また、調査で戻ってきた時にも来よう」

車に戻り、そう勇気を振り絞ってホームズに話しかけると、彼女はおずおずと頷いた。

「一度帰ったとしても、僕らの仕事は吸血鬼事件なんだから、解決するまで通わなきゃいけないよ。一度態勢を立て直そう」

4頭目の被害を受けて、牧場の方でもカメラの設置を始めていた。その設置場所をもう少し熟考すれば、なにかが映るかもしれない。

「じゃあ帰る前に、卵を買っていってもいいですか？　コテージの方に伺ったんですけど、お米や大豆を食べて育った卵で、黄身の色は淡いんですけど、味は濃厚で、とても甘みがあるんです‼」

「え？　あ……うん。じゃあ、明日、帰りに買っていこう」

「良かった！　おうちに帰って、最高の卵かけご飯にして食べたくて」

急に機嫌を直したらしいホームズに安心しつつ、僕らは再びコテージに戻ることにした。帰る前にもう少し、牧場を見ておきたかったからだ。

「ワトソンは、アフリカにいた頃は、どんなご飯を食べてたんですか？」

退屈なのか走る車の窓を開け、今にも降り出しそうな、黒っぽい雲がのたうつ空を眺めながら、ホームズが問うた。

「アフリカ料理はかなり多彩でね。ほら、場所によって気候もかなり違うし、人種や文化のるつぼだから。僕がいた西アフリカは、米なんかも食べられていたよ。味噌っぽいのとか、魚醤もあるし」

日本料理は恋しかったけれど、とはいえアメリカにいた頃より、アフリカでの食事の方が口に合っていた気がする。

母のカレーが恋しかったのも事実だけれど、地方によってはインド料理に似た料理もあって、カレーが食べたくなるとよく食べに行ったものだ。

「ピラフみたいなジョロフライスとか。あとイスラム圏だったから、羊か牛肉かヤギでさ。羊は好きだったから平気だけどね」

北海道民なら、誰も彼もが羊好きと限らないが、とはいえ他地域に比べ、食べ慣れているのは事実だろう。

羊というのは、独特の臭みがある。肉によっては一口食べれば『羊！』というような、強烈なインパクトを放って、口の中にいつまでも居座り続ける。

そういう羊もおいしくいただける程度に、羊好きで良かったと思う。

……と、考えれば、やはり羊が殺されるだけで、血は抜かれているものの、肉がそのままなのが気になる。

ましてここで飼育されている羊はサフォーク種、海外では比較的高級肉とされている羊だ。血だけ抜いて、食べないというのは、やはり理解に苦しむ。

本当に吸血鬼の仕業でないとしたなら、怨恨によるもの……例えば、次はおまえだという、威嚇のようなものだとしたらどうだろう？

やはり次に狙われるのは、今度は牧場の誰かかもしれない。

いったいどういう経緯かはわからないが、もしかしたらたまたま谷さんの家に侵入していた稲彦氏が、谷さんの身代わりで殺された可能性もある。

本当に、このまま帰っていいのだろうかという、漠然とした不安が頭をもたげた。

彼女の言うとおり、僕とハドソン婦人こそ、なにもわかっていないのかも――。

「うん……？」

車がちょうどコテージのある丘へさしかかった時、緊急車両とおぼしき赤いランプが、いくつも光っているのが見えた。

「……ホームズさん、なにかしました？」

「なんで私なんですか。ずっと一緒にいたじゃないですか！」

ムッとしたように、彼女が眉間にしわを寄せる。

「いや、なにかヤバいもの隠し持ってないですよね？」

「ヤバいものって……あのクリスタルスカルは偽物です！」

「は？」

「そもそもヘッジス・スカルは、スミソニアンの研究で、ドイツ中西部の小さな町イーダー・オーバーシュタインで作られた偽造品だと――」

いやいや、何故ガラスのドクロなんて、わざわざ持って来たのか……。

そして僕はもっと危険なものを、彼女が持ち歩いていることを思い出した。

「……あれ、隠した方がいいかもしれない。あの……吸血鬼退治用バッグ」

「どうして？」

「どうしてって、職質されたら、即アウトじゃないかな……ははは」

手錠にロープ、ナイフに杭に槌。間違いなく誤解される……。

「でも、日中はやっぱり必要ないかって思って、コテージのお部屋に置きっぱなしです」

「え……」

これはしまった……警察が僕らの部屋を捜索しないと、祈る以外ない。

このまま逃げたい衝動に駆られながら、ゆっくりとコテージの方に車が近づくと、馬上さんやコテージの関係者の人たちが、管理棟前で不安そうに立っていた。

「ああ！　河邊――ええと、ホームズさんとワトソンさん！」

そう言って馬上さんは、車を停めさせ僕らを管理棟の中に早足で連れて行くと、「大変なことになりました」と言った。

「なにかありましたか？」

「それが、無人のコテージで、遺体が発見されたんです」

「え？」

声を潜めた馬上さんの言葉に、僕とホームズはほとんど同時に声を上げた。

「しかもまた、例の教団の――」

「もしかして、立橋堅梧さんですか？」

「え？」

今度驚きの声を上げたのは、馬上さんの方だった。

「え、ええ。そうらしいです……でも、どうしてそれを？」

「いえ、彼が夕べから、どこに行ったかわからないという話だったので……」

そこで僕らが午前中、真祖の日輪の池田支部を訪ねたことを説明した。馬上さんは険しい顔を、更にくしゃくしゃに歪める。

「しかも……実は朝から浅田君の姿も見えないんです」

「浅田さんが？　でも僕たちは今朝、確かに……」

けれど馬上さんは首を横に振った。どうやらその後すぐにここを出たっきり、牧場はおろか家にもいないらしい。

ちょうどそこに、牧場の佐藤オーナーと、コテージスタッフの女性二人がやってきた。話を聞けば、二人は浅田青年の母親と、彼の妹さんだという。

爽やかな好青年である浅田さんの家族らしく、成人の子供がいるようにはけっして見えない、若々しく品の良さそうな母親は、動揺で顔を真っ青にしていたし、その隣の可憐な妹さんは、泣きはらした真っ赤な目で、唇を震わせていた。

佐藤オーナーも、すっかり憔悴しているようだ。

「まさか……浅田君が犯人だったなんて」

我慢できないというように、佐藤さんはそう絞り出すように呟いた。

「そんな……いくらなんでも、その結論は短絡的すぎませんか？」

確かに、事件になんらかの関係はあるかもしれないが。

「ですが、現場に『Shears』と書かれていたんです」

沈痛な面持ちで、妹さんが言う。

思わず「え？」と声が漏れた。まただ。シェアーズ。あの謎のダイイングメッセージ。

「でもそれと、浅田さんになんの関係が？」

そうホームズが怪訝そうに言った。それを聞き、彼らが逆に一瞬不思議そうな顔をする。

「『Shears』ですよ。浅田君はShearer——つまり、羊の毛刈りをするプロなんです」

「毛刈りのプロ？」

「ええ、シェアラーは、羊の毛刈りの専門技術を有する職人です。確かに日本では馴染みがありませんが、羊を飼育する国では、自分たちだけで作業するのではなく、そういった職人に依頼することも少なくありません」

日本では本当に少ない職業で、プロのシェアラーは数えるほどしかいないという。

「実際海外で修業してきた彼は、毛刈りの技術を競う大会で、優勝経験があります」

「じゃあ、稲彦さんの遺体の下にあったのも、スペルミスではなく……？」

思わず僕が呟くと、佐藤さんたちははっとしたように表情を強ばらせた。

そうか、彼らは知らないのか。谷さんの部屋にも、その言葉が刻まれていたことを。

「あの子は、優しいんです。優しいからこんなことに……」

途端に浅田夫人が、苦しそうに口元を覆ってうつむいた。涙をこらえて。

「優しいから、ですか？……なにか心当たりがあるのでしょうか」

ホームズは低い声で、そう静かに夫人に問うた。

あったとしても、そんなことは口にできないというように、浅田夫人は口元を押さえたまま、涙目で首を横に振った。

「隠していれば疑われるだけです」

ホームズがなおも責めるように言う。

「心当たりはあります」

そんな母親の横で、気丈にそう言ったのは、浅田青年の妹だった。

まだ高校生ぐらいだろう。おそらくホームズと変わらないくらいだ。色白で、鼻筋が通っていて、長い髪をポニーテールに結わえている。太い眉は、その可憐さの中に、確かに彼女の強い意志を示していた。

母親が彼女を止めようとなにか言いかけても、それを突っぱねられるくらいに。

「心当たりはあります。でも……だからって兄さんが、人を殺すとは思えません」

そうきっぱり前置きした上で、彼女は「死んだ二人から、嫌がらせを受けていたんです」と、彼女は言った。

「嫌がらせ？」

「ええ。あの二人――稲彦さんと堅梧さんは、施設の外に出られることが多い二人なんです。道外からお客様を招くときも、よくうちのコテージを利用してくれていました」

「亜梨子《ありこ》……」

「だって、黙ってたって、逆に兄さんが疑われるだけだわ」

それでも娘を止めたい母は、彼女にすがるようにその袖をぎゅっと掴んだ。妹の亜梨子嬢は、それをややいらだつように振り払った。

「二人とも、何度も私を施設につれて行きたがったんです。酔って卑猥なことを言ってきたこともありました。しつこく何度も誘われたんですが……でも行ったら絶対に、おかしなことをされるって聞いていました」

「おかしなこと？」

「ええ。あそこは女性が少ないんです。ほとんど男性ばかりで……その、一妻多夫制というか……女性は、数人の方と同時に結婚するそうなんです。実際、亡くなった稲彦さんと堅梧さんも、母親は一緒の異父兄弟だったはずです」

「そんな……」

汚らわしいと吐き捨てるように亜梨子嬢が言い、ホームズもぎゅっと嫌悪感に顔を歪めた。

「それを誰から聞いたんですか？」

「兄からです。兄の知り合いに、あの人たちに詳しい方がいるらしくて……でも、町の人の多くが知ってると思います。だから絶対、施設の近くに行っちゃいけないって。さらわれちゃうから」

実際のところ、その真偽はわからないし、道を行く女性をさらうなんて、さすがにないと思った。違和感や、厳重すぎる壁、そういったものが生んだ迷信だろう。

だが実際に、彼らが美しい彼女に、特別な感情を抱いていたと思われるのは確かだ。

「娘の言うとおり、だからこそ息子は二人を毛嫌いしていました。でも、だからといって、あの子が人を殺したりなんてありえません」

「浅田君は真面目で、心優しい人間だ。私も彼を信じています」

母親と佐藤オーナーが断言した。

「浅田君は、町の青年部でも中心的人物でね。みんなに信頼されています。大変思いやりのある、真面目な子です」

馬上さんも胸を張って言った。

だけど僕は知っていた——嫌というほどわかっていた。紛争で武器を手にした男たちもまた、家族を守るためであり、真面目で、優しい者たちだった。

人を殺すのは、悪人とは限らないのだ。

愛は地球を救うかもしれないが、だが時に世界を滅ぼすのも愛だ。

「警察が今、浅田君の行方を追っています。お二人に迷惑をかけてはいけないと、警察が来る前に、荷物は私の車に保管しています。警察は今日はもう、宿泊者にはキャンセルしてもらうようにと言っているので、申し訳ありませんが、今夜は隣の音更《おとふけ》や、幕別《まくべつ》の方にお泊まり下さい」

馬上さんが静かに言った。ひとまずほっとした。本当にアレが警察の目に触れたら、まず間違いなく捜査の矛先が僕らに——いや、河邊氏に向いてしまう。

上手く無実を証明できたとしても、ハドソン婦人の逆鱗に触れるのは目に見えてるし、せっかく仕事（……と、言えるのかどうかは、正直わからないが）に就いたのに、きっとクビになる。

仕方なく僕らは車で一度コテージを離れた。５分ほど車で走った公園の隣で馬上さんと落ち合い、荷物を受け取ることにしたのだ。

「吸血鬼事件のはずが、こんなことになってしまって……」

「仕方がありません。これも巡り合わせでしょう。でも、原因がはっきりしていないんです。馬上さんもどうぞお気を付けて」

「原因は……はっきりしていると思います。みんなああ言ってますけど、私はね、浅田君ならもしかしたら……と思わなくもないんです」

馬上さんは、スーツケースをトランクに運んでくれながら、寂しそうにそう言った。

「昔から他人のために、心から怒ったり泣いたりできる子でね。そして不器用なくらい、責任感と正義感が強い。今は特に、家族を守らなきゃいけないって、そう思ってるだろうから……」

ため息と共に、吐き出した苦悩。

一線を越える前に、浅田青年を止められなかった後悔の念を、ありきたりな慰めの言葉で受け止めていると、唐突にホームズは吸血鬼カバンを手にしたまま、つかつかと車から降りて歩き始めた。

「ここで話していても埒があきません。一度中心部に出ましょう、ワトソン」

「え？」

「でもホームズ、車は――」

「必要ありませんから、置いていってください」

「え？　でも……」

置いていくって……ハドソン婦人の高級外車を、ここに？　正気か？

「いや、ここから町の中心部までは、まだかなり距離があるよ。しかも雨が降りそうだ」

「傘があるので大丈夫です」

そう言って、ホームズはカバンの横にぶら下げていた、赤い傘を掲げて見せた後、さっさと歩き始める。

仕方ないので馬上さんに車を頼んで、その後を追いかけた。彼のことも心配だったけれど、僕が守らなければならないのはホームズだ。首筋を撫でていく風がひんやり冷たい。きっともうすぐ、雨が降る。

「ホームズ！　せめて車に乗るんだ！」

きゅっと唇を横に引いて、ひどく不機嫌そうに歩くホームズ。その早足になんとか追いつくと、僕は彼女の——河邊氏の肩を掴んだ。彼の体を。

「……離してください」

きり、と、今まで見たことのない、怒りのまなざしが僕を射貫いた。

「だって浅田さんが犯人だと思ったでしょう？」

それは……確かにそうだ。でもそう思って仕方がないほど、条件がそろっていて——。

「馬鹿みたい。だったらそんな、『Shears』だなんてまどろっこしいことを書かずに、『浅田』と書くに決まってるでしょ。優しくておっとりしたワトソンは大好きですが、私、愚鈍な人は大っ嫌いです」

きっぱりと、彼女はそう僕を拒絶するように強く言って、また僕に背を向ける。

「……それは、随分はっきり言うね」

でも彼女の言うとおりだ。頭を殴られたような、そんな気持ちだ。確かにわざわざそんな謎かけみたいなことをしなくてもいい。

「貴方は、もっと頭のいい人だと思ってたのに。『Shears』と書いたってことは、その単語にちゃんと意味が、メッセージがあると思います」

「でも、だからってそんなすねたみたいに――」

「すねてません！　私をそんなに子供扱いしないで！」

「……すみません」

子供扱いするなと言われても、彼女はまだ若いんだから仕方がない。けれど愚鈍に見える僕に、子供扱いされるというのが、我慢ならないのはわかった。

「君の言うとおり、僕は愚鈍で、大事なものが見えてないかもしれない。だけど君に見えなくて、僕には見えるものだってあるはずだ。少なくとも君は、チュパカブラにかじられると、鼠咬病にかかるなんて戯言を、本気で信じてたじゃないか！」

「…………」

図星だったはずだ。現にホームズは急に足を止め――けれどほっとしたのもつかの間、彼女が足を止めたのは僕の言葉がきっかけではなく、どうやら循環バスのバス停だったからだった。

「……そんな意地を張らなくても、わざわざバスを使わずに……車でいいんじゃ？」

「…………」

きつく唇を結んで、僕のことを拒絶するホームズに、そういうところが子供なんだと思いながらも、そこで腹を立てる僕は大人げないし、そしてだからといって彼女を子供扱いするのもまた、彼女に対して失礼だと思った。

「風邪をひくよ。北海道は、本当に寒い」

「……ワトソンだって、風邪ひいちゃいます」

仕方なく、バスを待つホームズの肩に、着ていた僕のジャケットを掛けると、彼女は困ったように僕を見た。

「そう思ったら、車に乗るんだ」

「でも私は――」

そう反論しかけたホームズの言葉を封じるように、首を横に振ってみせる。

「僕は医師だから、君たちの健康を守る義務がある。それに僕は雇用主である河邊氏に、この体をよろしくとお願いされてるから、君を最優先にしなくちゃいけない——ああいや、これも正しい言い方じゃないな」

「…………」

そうじゃない、そういうことじゃない。違うんだ。

「その……僕は信仰を持たないいし、君のように人生の柱にする趣味もない。つまらない意地を張って家族と関係をこじらせた上に、死にそうになって、なにもかも失った人間だ——それでも、僕は生きている。この先も生きるために、僕も柱がほしいんだ」

きょとんとして、僕を見つめる瞳。河邊氏の瞳に僕が映っている。でも、見ているのは彼女——もっともっと、その奥にいる少女だ。

「これは仕事だし、君がまだ保護者の必要な年齢だというのもある。特殊な状況だっていうこともね。僕は確かに愚鈍で臆病な人間だ。でも僕は、信頼する二人によって命を救われ、そして僕を案じる友の善意で、ここに来た……今度は、導かれた先にいた、君たち『ホームズ』を守るために、自分を捧げようと思ってるんだ」

カーチレと彼女は違う。ホームズを救っても、カーチレは生き返らない。

でも、それでも、もう二度と同じような後悔はしたくない。僕は逃げない。

「だから、さしあたって君に風邪をひかせたくない——ご理解いただけたかな？　ホームズ君」

「……ホームズ君って、ふふふ」

一瞬の沈黙の後、刹那、ホームズが笑い出した。声を上げて、ころころと。

「笑うのは酷いな。君が決めたんじゃないか」

「あははは、そうですけど、でも、ホームズって……」

彼女はけらけらと、さも楽しそうに宙を仰いで笑った。不本意ではあったけれど、でもまあ……機嫌が悪いよりはマシか。

「……子供扱いとか、仕事とか、それだけじゃなくて、君と対等な友達になれたらいいと思っているよ。この先、君がどんな人生を歩もうと、君の力になりたい。だから君ももう少し歩み寄ってくれたら嬉しいよ。少なくとも僕は君を傷つけたりしないから」

「……そういうのって、口に出すようなことじゃないと思うけど」

「君は口に出さないと、わからない人なのかと思って」

「…………」

一瞬頬を上気させ、照れくさそうにうつむいてホームズがもごもご言う。

16歳の少女に、真剣に友達になろうなんていう僕は滑稽だ。けれど思うのだ――もしこのまま、彼女の体が元に戻らなかったら、と。

そうでも、そうじゃなくても、この先もできるだけ、この子の味方でありたいと思う。

「――と、友達で、いいですよ、別に」

うつむいたまま言うと、彼女は僕に手を差し出してきた。

握手なのかと思ったけれど、そのままホームズは、僕の手を握っていた――そこで気がついた。ああそうか、少女たちは、親しい友と好んで手をつなぐものだ。

16歳の女の子に、手をつないでもらうシチュエーションは、背徳めいた匂いがある。そういう趣味のない僕でも、どぎまぎするような。

とはいえ、実際は30近い男同士だ。法律的には問題ない……いや……でもこれは……今の状況は……どうだ？

「どうしたんですか？」

「いや……よく考えたら、高校生の女の子と手をつなぐのもアウトな気がして」

「手をつなぐだけなら、法的に問題はないと思いますけど？」

「そうかなあ……」

「それに児童福祉法や青少年保護育成条例でも、真摯な交際であれば――」

そう言いかけて、ホームズ本人も顔を顰めた。僕らはシンシなコウサイをしていない。

結局僕は、彼女の手を振りほどいた。

「でも、河邊さんは女子高生じゃないですよ？」

だから大丈夫じゃないですか？　と、どこか不満げにホームズが自分の体を見下ろす。

「30近いおっさん二人が、バス停で手をつないでバスを待ってるのも、周りから気を遣われる」

僕は性に対する偏見はない方だ。アメリカで生活していた時、ルームシェアしていた友人は同性愛者だったし、別にだからどうと言うことはない。

でもここにあるのは、恋愛感情とは別のなにかだ――そこまで言ってふと思った。

「……そんなに手をつなぎたかったの？」

「だって、ワトソン、手が温かいから」

「なんだよ、やっぱり寒いんじゃないか。だからやっぱり車に――」

そう言いかけると、ホームズが横を指さした。なにかと思えば1台のハイエースコミューターが近づいてきた。目をこらすと、車体に『あいバス』と書かれている。どうやら循環バスのようだ。

僕らを見つけたバスが、停留所で停まる。中を見ると、客はいないらしい。

ドアが開くと、運転手が「寒いでしょう、お待たせしました」と声を掛けてくれた。仕方ないので乗り込んだけれど、肝心のホームズは、バスに乗り込むのではなく、外から運転席の方に回り、とんとん、と窓を叩いた。

「……なにか？」

「良かった、他にたくさん人が乗っていたら、どうしようかと思ったんです」

怪訝そうに窓を開けた運転手に、ホームズが言った。

「え？」

「お仕事中すみません。少しだけお話を伺ってもいいですか？」

「話ですか？」

「ええ。今、牧場で羊が急死した事件を追いかけていて」

「はあ……」

運転手が、とても困ったように応対する。僕自身も戸惑った。それなら車を走らせながらでもいいいんじゃないだろうか？　バスには時刻表だってあるのだ。けれどホームズは、お構いなしに質問を続けた。

「お名前を伺っていいですか？」

「望来《もうらい》と申しますが。あの、仕事中なので、できれば走りながらか、夕方以降に――」

「でも私が気になっているのは、もう一件の方なんです。望来さん……失礼ですが、昨日今日と、バスの運転をされていたのは貴方でしょうか？」

「そうですよ。あの、お客さん、乗らないんでしたら――」

明らかにイライラしながら、運転手の望来さんが答える。いい加減やめさせないと……そう思って、僕はバスを降りようとした。その時、ホームズが何故か嬉しそうに笑い声を上げた。

「ふふふ。なるほど――じゃあ貴方が、二人を殺したんですね」

10

ホームズが突然なにを言い出すかわからないのは、そう珍しいことじゃない。

でも今回のは酷い。

酷すぎる——と、思った瞬間、何故か運転手は咄嗟にアクセルを踏んだ。けれど、余りに焦っていたのか、そのままエンストしてしまった。

勢い余ってがくん、とバランスを崩し掛けた僕にも、彼のその慌てた様子、蒼白した顔を見れば、異常な事態なのはわかった。

「ホームズ！　通報するんだ！」

僕がそう叫ぶとほぼ同時に、焦った運転手はホームズのいる運転席側ではなく、後ろに回って逃げだそうとして、ドア付近でまごついていた僕に気づいた。

目が合った男性は、僕より少し年上で、幸か不幸かげっそりと痩せた男だ。顔色が悪い。一瞬その鋭い眼光に恐怖を感じながらも、僕が踏みとどまれたのは、彼のその不健康そうな体躯のお陰だ。

僕は通せんぼするように、その痩せた男の道を阻んだ。バスと言っても、10人少々しか乗れないハイルーフ車だ。それだけで身動きは不自由になる。

逃げようとした男が怒号を発し、咄嗟に僕の腕を振り払い、なぎ倒す。

けれどその狭さが徒《あだ》になり、彼は僕の体を乗り越えられはしなかった。僕を踏みつけることに躊躇したのだろう。椅子に倒れ込んだ僕は、すぐさま立ち上がり、もう一度彼にしがみついた。

「ワトソン！」

悲鳴のようにホームズが叫ぶ。

彼女が男の次の行動を予測したのかはわからない。けれど次の瞬間。男が自分のすぐ横のガラスを、たたき割る。

刹那、輝く破片が宙を舞い、騒々しい音が響き渡って、僕は途端に体が凍り付くのを覚えた。

この音は命の壊れる音だ。

僕の人生が壊れる音だ。

破滅の音。

どうしてこんなところに来てしまったんだろう？　僕はいつも、傷ついてから、後悔をする。

「ワトソン！」

もう一度、ホームズが叫んだ。

次の瞬間、僕の目の前が真っ赤に染まった。

一瞬なにが起きたのかわからなかったが、猛然と車内に飛び込んできたホームズが、真っ赤な傘を、彼の顔のそばでボン、と開いたのだった。

狭い車内で傘を開かれ、男はひるんでいた。その瞬間を僕は見逃さなかった。

傘を開くために、ホームズが足下に放り出した、吸血鬼退治バッグ。

ほとんど寝転がるようにして、中から手錠とロープを取り出すと、僕は運転席から乗り越えてきた男の片足首に手錠をかけ、座席の足にカチっと固定してやった。

「くっ」

ホームズを傘ごと押し返し、窓から逃げようと体をひねった男は、やっと自分の状況を察したらしい。じゃらっと音を立てて、僕を睨んだ。

「怪我をさせるのは本意じゃない。乱暴はやめて話しましょう、冷静に」

僕は座席の下から這い出して、ホームズを更に座席の奥に庇うように押し込んでから、上がる息をなんとか整え、男に向かって言った。

「そうです。座ってお話をしましょう。暴れなくていいです。ロープを見せつけて。ただ興味本位で話を聞きたいだけです――まあ、逃げようとしたなら、貴方が犯人というのは間違いないのでしょうが」

「興味本位って……そもそもなにを根拠にそんなことを！」

怒気を含んだ声で、男――確か、望来と名乗った――が、答えた。まったくの正論で、むしろ僕も同じことをホームズに言いたい。

「決まってます。二人とも、現場に車が残ってませんでした。だったらどうやってここに来たのか考えたんです」

「え？」

ああ、そうか。

そういえばそうだ。谷さんの家の周辺に車はなかったし、堅梧氏も施設に車を残して出かけている。絶対に歩けないわけではないが、郊外にあるこの牧場周辺まで、徒歩で行き来するのは結構な距離がある。

だとすれば、考えられるのはバスかタクシーだ。そういえばタクシー会社が、バスの運営もしていたはずだ。

「その点、貴方は町中を走り回っているし、二人と接することもあったでしょう。もし貴方が殺人鬼だとしても、二人はさほど躊躇なくバスかタクシーに乗り込むはずです」

「…………」

それを聞いて、望来はしばらく険しい顔で僕らを睨んでいたが、やがて唐突に諦めたように、ふ、と短く息を吐いた。

「わかったよ。今更しらばっくれるのは無理そうだ……できることならもっと——そうだ、もっと、彼らを絶望させたかったけれど、あの二人に復讐することはできた」

そう言うと、望来は運転席と助手席の間に、寄りかかるように腰を下ろした。

「心配しなくていい。もう逃げはしないよ。病気なんだ――もう余命は3ヶ月と宣告されている。警察に捕まったって構わない――ただあの指輪だけは取り戻したかったんだけどね」

そうか――僕はその、ひどく痩せた彼の体を見て、すべてを理解した。

「指輪というのは、稲彦さんが持っていた、女性ものの婚約指輪のことですか?」

ホームズが問うた。

「ああ、陽花梨《ひかり》――僕の婚約者が付けていた指輪なんだ。首から下げていたけれど、もみ合いになった時、いつの間にか彼に奪われていたみたいでね」

それなら、稲彦氏の所持品の中にあったと言うと、彼は落胆したように、やはりそうか……と言った。

「……本当に、貴方が二人を殺したんですか?」

万が一、彼が激昂しても守れるように、ホームズを背中に庇いながら、望来に問うた。

彼は薄く微笑むように口角を上げると、視線を落とす。

「僕が直接手を掛けたわけじゃない――ただ、ゲームをしただけだ」

そう言うと、彼は静かに割れた窓から外を見た。

とうとう降り出した雨に、町は涙色に染まった。

望来の告白

北海道で有数のＵＦＯ目撃地といえば、北海道の南、港町函館から近い、森町が有名だそうだ。駒ヶ岳周辺では、謎の発光体の目撃証言が、後を絶たない。

4年前、その森町で牛乳会社に勤めていた望来は、主に新鮮な乳製品の宅配業務を担当していた。

その顧客の中で、一件奇妙な届け先があった——それが、真祖の日輪だった。

駒ヶ岳《こまがたけ》の麓で閉鎖的な生活をする、謎の宗教団体。宇宙人のことを調べていたり、なにをやっているかわからない彼らを、当然町民は警戒していたし、望来も当初はそうだった。

でもその認識が変わったのは、いつも荷物を受けてくれる、若い女性の存在だった。

一度教団の男性と話しているのを聞いた名前は『ヒカリ』といった。

綺麗な名前の通り、きらきらと明るい瞳をした、美しい彼女に会うのが楽しみで、望来はそこへの配達は、必ず受け持つようになった。みんな嫌がる仕事だっただけに、望来が専属になってくれるのは、会社側としてもありがたかったようだ。

ヒカリという女性の方も、一つ、二つと挨拶を交わすうちに打ち解けてきて、やがて望来が来ると笑顔を見せてくれるようになった。

彼女が笑うと、ぱっと太陽が輝くようだと思った。

けれど望来も仕事中だし、監視カメラも付いている。彼女とやりとりできる時間は長くない。持ち込んだ商品の確認をし、伝票にサインをしてもらう、ほんの数分の逢瀬だ。

だから思い切って、手紙を書いた。貴方に好意を持っていると。もしも迷惑でないのなら、こうやって手紙でやりとりをできないかと。

荷物に手紙を忍ばせ、そして声を潜め、『貴方に手紙を書きました』と告げた。

ヒカリは驚いて——でも、嬉しそうに微笑んで、「わかりました」とだけ答えたそうだ。

なにがどうわかったのか、緊張したまま望来は配送を終え、そして渡した時よりもっと緊張しながら、数日後、再び配送に向かった。

ほとんど言葉はなかった。緊張する望来だったが、伝票を返す時、ヒカリが微笑んだ。

なにかと思えば、こっそりサインをした伝票の下に、手紙が隠されていたのだった。

車に戻って、震える手で中を開いた。そこにあるのは、歓迎か、拒絶か——?

厚いと感じた封筒には、望来が書いた手紙がそっくり入っていて、彼は彼女からの手紙を読む前に、すっかり落胆した。

そのまま沈んだ気持ちで仕事を終え、その晩、返信を読む気になれず、ようやく翌《あく》る夜に覚悟を決めた——そして気づいた。彼女はけっして、望来を拒絶したわけではなかったのだ。

そこには突然の手紙に驚いたこと、でも嬉しかったことが書かれていた。そして彼女自身も、望来に興味を持ってくれていること、是非こうやって、この先も手紙のやりとりをしたいと。

万が一、教団の誰かに見つかると困るので、手紙は読んだ後、こうやって返させてほしいと。

『私の心には、ちゃんと望来さんの言葉を刻んでおきますから』

陽花梨——名前は陽花梨と書くらしい——はそう手紙を締めくくっていた。

そうして、二人の密やかなやりとりが始まったのだった。

陽花梨はもうすぐ18歳になる女性で、思ったよりも若かったことに驚いたが、落ち着きがあり、聡明な女性だった。交わす文章の巧みさに、それを知った。

自分の倍以上、下手をすれば3倍、4倍近い長い手紙を書いてくれたが、望来はむしろ嬉しかったし、そして彼女が、いつも不満を抱えていることを知った。

もともと彼女は父親が教団に入信したために、自分も信者になっただけで、信仰心はなかった。また父親も、教会責任者に恩があって、仕方なく入信した経緯があり、彼自身も信仰しているわけではないそうだ。

逃げ出したい気持ちもあるが、父親を置いてはいけない……そう陽花梨は綴っていた。

父と言っても、もともと自分は母の連れ子で、だのに母親が失踪した後も、我が子と愛してくれる人なのだ。

そんな優しい人を裏切れないし、自分がいなくなったら、父がどんな目に遭うか考えたら、実行できないと言った。

暴力が横行しているわけではないけれど、自分たちが『裁判』と呼ぶ会議で、『罪がある』と認められたら、心身共に苦しい『儀式』や『修行』――拷問が、待っているらしい。

そんなある日、陽花梨が教団の『アソ』に選ばれることになった。

アソとは教団の『聖母』という特殊な地位で、信者全員の妻であり、母である存在らしい。

とても名誉なことだと言われたし、『聖母』の響きは耳に快いが、実際は教団信者全員と契りを結ぶという、ぞっとする話だった。

当然父親も陽花梨もそれを拒んだが、聞き届けられはしなかった。

4ヶ月後、彼女が18歳になった日、神の子らとの婚姻が結ばれてしまうという。

ある日の配達で、彼女からだけでなく、彼女の父親からという手紙を受け取ると、父親は望来に、どうか娘を連れて逃げてほしいと書いてあった。

けれど望来もまた、実家の父が亡くなり、母も体を壊して入院してしまい、急遽実家の農家を手伝わなければならない状況だったのだ。

だから彼は誓った。必ず3ヶ月後に戻って、彼女が18歳になるその直前に、彼女を連れ出すことを。絶対に、彼女を幸せにすると。

だからこっそり、約束の指輪を渡した。

急いで用意したこともあって、あまり高いものではなかったが、それでも彼女は喜んだ。

そうしてもどかしい時間が流れ、約束の日が来た。

準備はすべて整っている――はずだったのだが。

けれどその日、約束の場所に陽花梨を迎えに行くと、暗闇の中、待っていたのは稲彦と堅梧だった。

二人は望来に激しい暴力を振るった。立てなくなった彼の顔に無残に投げ捨てられたのは、あの指輪だった。

それでも怪我が治ってすぐに、望来は愛する人を探しに行ったが、教団は既に移転していた。そうしてたどり着いたのが池田町だったのだ。

実家からそう離れていないこともあって、望来はすぐに池田町になじんだ。

噂話の集まりやすい会社に勤め、情報を集め、そうして知った。

陽花梨の父親は暴行され、軟禁状態のまま1年ほどで命を落とし、聖母となった陽花梨も、父親が死んだ数日後に、綺麗に磨いて尖らせたハサミを腹に突き刺し、命を絶った。

教えてくれたのは、教団で陽花梨の次にアシになった女性だ。

復讐に訪れた望来に気がついた彼女は、望来にすべてを話し、「もう忘れなさい」と言って、望来を帰らせた。住む世界が違ったのだ。

復讐に意味はないと思った。なにをしても陽花梨は帰ってこない。

少しずつ時間が記憶をさらっていった。それでも池田町からは離れられなかったけれど、他の生き方を探そう――そう思っているうちに数年経って、そして。

「ある日突然倒れて、そうしてわかった。死に至る病で、なにもできないまま僕はもうすぐ死ぬ――そう思ったら、まだやれることがあると気がついたんだ。まだ間に合う。死ぬ前にあいつらを……陽花梨を殺した奴らに復讐してやる」

11

急に激しくなった雨が、割れたガラスをぎらぎらと濡らした。

望来は深呼吸を一つすると、一度手錠で不自由な体を伸ばし、運転席のドリンクホルダーからマグボトルを手にして、話し疲れて渇いた喉を湿らせた。

「それで、具体的にどうやって二人を？　浅田さんは無事なんですか？」

興味津々に、ホームズが問うた。

「浅田君は、二人に対して憎しみを抱いていたんだ。町の人が餌食にならないよう、僕は教団の正体を彼や町の人たちに話していたし、彼らは亜梨子ちゃんを狙っていたからね」

だから持ちかけた。稲彦と堅梧を殺すために協力してほしいと。警察の目を欺くための、時間稼ぎをしてほしいのだと。

「だから今、彼は安全な場所に身を隠しているよ。大丈夫、僕が自首したら、すぐに出てくる手筈を整えている」

「じゃあ、あのダイイングメッセージは、浅田さんを一時的に容疑者にするため、そして、『ハサミ』というメッセージを、真祖の日輪に思い知らせるためだったのですね」

ホームズが低い声で言った。望来は頷いて、また一口ボトルの中の液体を飲んだ。どうやら珈琲らしい。少し苦いのか、飲むたびに少し顔を顰める。

「でもわからないのは、彼らの殺害方法です。どうやって殺したんですか？」

ぐっと僕を押しのけるくらい身を乗り出し、ホームズは更に質問を重ねる。彼女の好奇心を、知識欲と呼ぶのか、それとも屈折してると言えばいいのか、僕は内心戸惑いながらも、でも確かに、続きを聞きたいと思った。

僕は自分で思う以上に、偽善的で露悪的な人間なのかもしれない。

「殺害方法は――彼らの大好きな、『神の声』を聞くことにしたんだ。致死量の毒が入った飲み物と、そうじゃないのを2杯ずつ用意して、お互いに1杯選ぶんだ。――稲彦も堅梧も言ったよ、『私は選ばれているのだから、死ぬはずがない』とね」

望来が顔を歪めて笑った。けれどそれはどこか辛そうで、悲しそうだった。話を聞いていてもわかる——彼は、本当は優しい人だ。優しいから人を殺す、悲しい人だ。

「本当に1杯ずつ選んだんですか？　なにかトリックは？　彼らが上手く毒を飲むよう、なにか仕掛けたんじゃないんですか？」

そう訊いたホームズに、望来は首を横に振った。

「残念ながら、偶然なんだよ。正々堂々のゲームだ。ズルはない。でも結果的に彼らは死に、僕は生き残った——まあ、宇宙の神なんて信じていないし、ただ確率2分の1を引き当てたっていう、それだけさ」

そこまで言うと、彼は満足げに珈琲を飲み干した。

「でも——もう運はつきた。君たちにバレてしまったからね」

「通報はしません。もし貴方に罪を償うつもりがあるなら、自首をされた方が刑は軽くなりますから」

そんなホームズの言葉を聞きながら、その時、不意に僕の脳裏に、ハドソン婦人との電話がよみがえった。

『シンクに綺麗に洗われたグラスが四つあったそうです。谷さんに覚えはないそうだから、もしかしたら犯人は複数人なのかもしれません。微量に検出された成分は珈琲のようですが、そこから毒物は検出されませんでした』

「ま――待ってください！　それは！」

きゅ、とマグボトルの蓋を閉めた望来に叫ぶと、彼はにっと笑った。

「3ヶ月が5分になるだけだ――それに彼女を失った時点で、僕はもう死んでいるのさ」

そう言った彼の表情が苦悶に変わる。

「ホームズ！　救急車を！」

シクトキシンは吸収が早い。望来の顔は痛みに歪み、中毒症状が彼の体を速やかに破壊する。なぜ、もっと早く気づかなかったのか、自分を責めても遅かった。

「くそ！」

応急処置をしながら、また僕の手の中で、命が失われていくのを感じた。

この優しくて一途な青年は、愛のために命を捨てた。死んでしまった恋人のために。

なぜ、人は死ぬのだろう。

「ああ……」

遠くサイレンが聞こえる。でも遅い、もう遅い。

僕はやっぱり、無力だった。

12

警察の事情聴取が終わり、解放された僕を、ホームズが待っていた。

「大丈夫ですか？」

優しい笑顔と静かな声が僕を受け止めて、そしてそのまま抱きしめた。

彼女は16歳だし、そして体は男性だ。でも、どうでも良かった。聴取中、こらえていた涙が溢れた。

「また、助けられなかった……」

彼女はそう力なく言う僕の背中をぽんぽん、と叩いた。

「大丈夫ですよ。貴方は神様じゃないから、第三、第四の手を使えなくても、誰も貴方を責めたりなんてしないし、貴方も責めなくていいんですよ」

わかっていても、僕は見えない手がほしかった。

いつだって無力な自分が嫌いだ。どんなに頑張っても凡人の僕の苦しみを、僕を抱きしめる天才はわからないだろう。

「ワトソン！」

その時、僕らを心配して駆けつけてきたハドソン婦人が、珍しく焦りの顔で僕に駆け寄り、そして強引に僕らを引き剥がした。

いろいろなことを怒られると思ったら、彼女は僕に「お疲れ様でした」と言った。

「危険な状況だったとお聞きしました。無事でよかった……本当にありがとう」

どうせホームズが暴走したのはわかっています、そう言った上で、彼女は僕をねぎらって、温かい言葉を掛けてくれた。

「もう大丈夫よ。私たちの家に帰りましょう」

私たちの家に。

頷いて——情けないことに、僕はまた泣きそうになった。


こうして、僕らの事件は幕を閉じた。

残念ながら、吸血鬼事件の犯人も、吸血鬼やチュパカブラではなかったと判明した。

羊を盗んだのは、やはり真祖の日輪の仕業だったのだ。

「強請《ゆす》られていたんです」

後日、お礼と報告に来てくれた浅田君が、僕らの家の近くのカフェで打ち明けてくれた。

「稲彦さんが妹を狙っているけれど、それをやめさせるかわりに、羊を差し出してほしいって、堅梧さんに言われたんです。だから……羊は渡せないけれど、でも、管理が手薄な場所と時間を教えました」

けれど、稲彦は彼の妹への執着をやめなかったし、堅梧も羊を盗み続けた。もし邪魔をするようなら、浅田が協力したと暴露すると言われてしまい、彼はなにもできなかったそうだ。

「それに、殺したら返してるんだから、これは盗みじゃないとも言われました。儀式に使っただけだから、食べればいいって……でも、そんな得体の知れない儀式に使った羊なんて、食べられるわけがない」

「儀式？　……ああ！」

なるほど、と、思わず声が出た。

「彼らが信仰する神は、アフリカのアシャンティ族の英雄神。このアシャンティ族ですが、ガーナ南部と隣接したトーゴ、コートジボアールに居住する、アカン諸族の一民族なんです」

そこで僕が一時期ニジェールに滞在していた時、少数民族であるトゥリ族を訪ねた時のことを話した。

彼らは家畜をとても大切に、中でも立派な雄羊を祀るように育てているが、それは妊娠中の女性に、家畜の血を大量に飲ませるためだった。栄養を与えるため、そして血の中に宿る精霊の力で、悪霊から母と子供を守るためだという。

「そしてその瀉血《しゃけつ》方法が独特で、神の獣の頭蓋骨から取り出した、上顎、つまり上の歯ですね。その牙を使って喉に穴を空けるんです――恐らくネコ科の猛獣の。トゥリ族は、もともとアシャンティ族から分かれた部族と聞いています」

それを聞いて、ミルクセーキを飲んでいたホームズが「あ！」と声を上げる。

「そうです。これはあくまで仮定の話なのですが、もしかしたら彼らも、儀式として血を使うのかもしれません。現に家畜を飼っていると言っていました」

それがなんらかの理由で、血を抜けない状況になり、やむを得ずここの家畜を狙ったのかもしれない。

「確かに気になってたんですよ。前にドローンで周辺を撮影したのを見たんですが、彼らは川沿いに住んでいます。特に放牧地帯に湿地帯が含まれていたんですよ」

「湿地で羊は育てられないんですか？」

「ええ。羊の放牧で怖いのは寄生虫と感染症です。湿地帯はそのリスクが高まるので」

水辺に住むタニシなどが、寄生虫を媒介することもあるというし、湿気った大地は細菌が繁殖しやすく、腐蹄症の原因になると、浅田君は教えてくれた。

自分が関わった事件について、浅田君は佐藤オーナーたちに謝罪したそうだ。それを温かく受け入れられたのは、日頃の彼の人徳によるものだろう。

そしてお詫びに持ってきてくれた、サフォーク肉は、僕の人生で一番おいしい羊肉だった。

軟らかく、臭みもなく、しっとりと舌に吸い付く官能的な味わいは、あんなことがあってもまた池田町に行きたい、いや、行かねばと思わせる、そういう魔力を持っている。結局池田牛とワインも楽しめなかったし、多分また僕はあの町に行くだろう。

そして僕らに日常が戻ってきた。

ホームズは毎日オカルト書物を読みあさり、ヴァイオリンを弾き鳴らす。

ただ一つ気がついたことは、彼女は基本的にいつも機嫌良くニコニコしているが、考えごとをしている最中にうっかり話しかけると、極端に機嫌を悪くすることだった。

「……思ったんですけど、あの日――二人でバス停に向かっていた時、ホームズが怒っていたのは、僕が浅田君を疑っていたからじゃないんですか？」

ある朝、いつものように卵を丁寧に混ぜているホームズに問うた。

「へ？」

「いや、僕のことを、愚鈍と罵ったじゃないですか」

「ああ……確かにせっかくすべてが繋がりそうなのに、私の思考の邪魔をしてくることに、腹は立ちましたけど……」

「おお……」

マジか、やっぱりか……。

「僕はてっきり無実の彼に対し、僕が愚かな疑いを掛けていることを、軽蔑しているのだと思ったんですよ」

意見の不一致が原因で、僕らは口論になっているのだと。彼女を子供扱いしたことを、そういうさまざまな『人間くさい理由』で、彼女は腹を立てているのだと思っていた。

「……じゃあ、もしかして僕は、つくづく見当違いのことを言って、君を引き留めていたわけですか？」

その質問に、ホームズは声を上げて笑った。

「ええそうですね。この人、突然なに言い出すんだろうって思ってましたよ、あはは」

「やっぱりか……なんとかこう、忘れてくれませんかね？」

勘違いしていたとはいえ、我ながらひどく恥ずかしいことを言ったと、僕はまた落ち込みそうになった。

「そうですね、不要なことはすぐに忘れますよ、頭の倉庫は限りがありますから、無駄なことを覚えてしまったら、すぐ忘れるように努めます——でも」

そう言うと、ホームズは照れくさそうに唇を横に引いた。

「このことは忘れませんよ……だって私と友達になりたいって言ってくれた人は、貴方が初めてだったから」

恥ずかしげにそっと目を細める仕草に、僕は一瞬だけ胸が高鳴るのを覚えた。

いやでも、この子は16歳で、そしてこの体は河邊氏だ——そうだ、そんなの重々わかってるはずなのに。

僕こそ忘れよう、そうしよう。これはきっと、なにかの誤作動だ。

そう思って珈琲を一口飲んだ。

優しい朝の珈琲には、毒ではなくミルクが入っていた。

intermedio

新月の夜、羊牧場に悲しげな羊の叫びが響くのを、佐藤さんは夢うつつに耳にした。

翌朝、前夜の悪夢を思い出して牧場へ走ると、また牧場で羊が倒れていた。

そこには鋭い牙の痕が残っていた。

「でもまあ、今度こそ野犬かキツネの仕業だろうな……」

例の教団は、また別のところに移動しているし、もう羊を盗まれたりしないはずだ。

その後も新月の夜に、２頭ほど死んでいたが、みんな可哀想な事故だと言った。

そんな彼らの後ろで、鋭い牙と背中にトゲを持った２本足の生物が跳躍し、逃げていった。

File 2　花婿神隠し事件（花婿失踪事件）

1

東22丁目のシェアハウスのソファで、ローテーブルを両側から挟んでいた時のことだった。

「ねえ、ワトソン。世の中って本当に不思議なことが、まだまだいっぱいあるんですねえ」

長椅子に寝そべり、仰向けでタブレットを眺めていたホームズが、うっとりと言った。

「そうかもしれないし……そうじゃないかもしれないし……」

ノートPCに向き合った僕は、あまり気の入らない相づちを打った。僕に発せられた言葉ではあるものの、実際は意見を求めているわけでなく、彼女がただ、胸の言葉を溢れさせているだけだとわかっていたからだ。

彼女は基本、自分の知りたいと思うこと以外に興味を持たない。

よって適当な僕の返事に、彼女が気分を害することなどないだろう。だから僕は自分の作業を優先させた。

作業と言っても、小説を書き、WEBの小説投稿サイトにアップするだけなのだが。

先日のあの池田町の事件を、小説にしてみたらどうか？　と提案してくれたのは、カウンセラーをやっている友人だ。

僕のこの千々に乱れた精神状態を心配した彼女は、内側に溜め込まず、またもう少し客観的になれるようにと、外に表現することを勧めてくれたのだ。

自分に文才があるとは思えなかったが、小説投稿サイトというのは、非常に気軽で、ブログ感覚で書き込めるのがいい。

別に読んでもらえなくてもいいし、気に入らなきゃ消せばいい。

そんな気持ちで登録したのは、エブリスタという小説投稿サイトだったが、たった10人程度でも、見てくれる人がいるかと思うと、「更新しなければ」という、使命感というか、やる気が湧いてくるものだ。

それに、今の仕事と言えば、研究所に届く、メールや手紙の確認が主なのだが、そのほとんどが冷やかしだったり、調べてみると有名怪談師のエピソードの丸パクリだったり、出所のはっきりしない都市伝説ばかりで、僕らが本腰を入れて調べるような依頼はまずない。

一昨日の依頼は、寝室のものがひとりでに動いていたり、頭痛とめまいがする、部屋の壁に引っ張られるような感覚がある……というものだったが、実際にその問題の白石区《しろいし》の一軒家を訪ねた結果、家が傾いているのがわかった。

専門家に調べてもらったところ、2度以上も傾いていたというし、そりゃあ、ものも動くし、頭痛にめまいに倦怠感もあるだろうと、超常現象の『ち』の字にもかからない事件だった。

でもそんなものだ。

なかなかホームズが色めき立つような、超常現象なんて起きやしない。

池田町から帰って3週間。

僕らはすっかり、やる気を持て余していた。

更新を終えて、ふう、と一息。

ホームズはにこにこしたり、険しい顔をしたりしながら、タブレットを眺めている。

「……それで、今日はなにを見ているんだい？」

「ヴォイニッチ手稿です」

「ヴォイニッチ……って、確か、解読不能って言われている、書物かなんかだっけ？　最近解読されたっていう」

「解読できたかどうかは眉唾です。多くの専門家はそれを否定しています」

そこでホームズは、ヴォイニッチ手稿の蘊蓄を披露してくれた。イタリアで発見された古文書で、解読不能な言語、詳細のわからないさまざまなイラスト——不思議な裸婦や、存在しない動植物等——が書かれており、今まで何人もの人間が翻訳しようと躍起になっているが、結局未だになにが書いているのかはっきりしないらしい。

一応、医学書ではないか、という説や、トルコ語、ラテン語、ヘブライ語……とさまざまな説があるものの、未だに完全な解読には至っていないそうだ。

「第二次世界大戦の時にナチス・ドイツが使っていた暗号機エニグマを解読した、数学者で暗号解読者のアラン・チューリングでさえ、さじを投げた文書なんですよ」

ホームズは目をキラキラさせて言いながら、ネットの閲覧ページを僕に見せてくれた。

そこに描かれていたのは、下半身が芋虫のような奇妙な白馬で、僕はそっとタブレットをホームズに返した。

「でもこういう、わかりやすく超常的というか、不可思議な話があればいいんだけどね」

とはいえ、そんなすごいのが出てきても、結局なにもできないんだが……。

「じゃあ、一緒に探してみますか？　わりと近郊に有名な髪の毛の伸びる日本人形が……」

「に、人形はちょっと……」

そういう、いかにも『ヒトノカタチ』をしたものは……。

「そんなえり好みしている場合ですか！」

そんなふうにリビングでうだついてるのを見て、仕事を抜けてきたハドソン婦人が僕らを、いや多分僕を一喝した。

慌ててソファの上で姿勢を正した僕の視線の先には、黒いロングワンピースに、白いエプロン、白いフリルキャップを付けたハドソン婦人が立っていた。

いわゆるメイド服だ。

普段、猛禽類かネコ科の猛獣を思わせる彼女が、そういった格好をしているギャップは、本来であれば愛らしさを通り越して、官能的と言ってもいいくらいなのに、むしろ僕にはキリキリと胃に悪い。

先日から彼女がメイド服を着始めたのは、河邊氏が迂闊(?)にも、ハドソン婦人に向かって、「このままでは、君も秘書と言うよりメイドだね」と、揶揄したからだ。

もちろんそれは彼女の仕事ぶりのことではなく、研究所の仕事が来ないことを言っていたのだが。

河邊氏の代理として、普段散々忙しくしているのだから、こっちの仕事は少し暇なくらいで、いいと思うんですがね……。

そんなわけで、彼女のメイド服は愛嬌ではなく圧力だ。ろくに動き出さない僕らに対する怒りの表現であり、威圧行為なのである。

「なにか面白い依頼が来たらいいですね」

けれど肝心のホームズは極めてマイペースで、そんな威圧は意味がないというか、おそらくそんなハドソン婦人の意図すら気がついていない。

タブレットをのぞき込んだまま、のんきに言うホームズの横で、ハドソン婦人のすまし顔に、ピキっと怒りの微笑が走る。

結局僕一人が、キリキリ胃の痛い思いをしなければならないのだ。

「や、もう一度！　もう一度きちんとチェックしますから、大丈夫です！」

慌ててそうハドソン婦人に弁解し、僕は素早くホームズからタブレットを取り上げた。

「なにするんですか」

タブレットを追いかけるように、不満げにホームズが体を起こす。

いや、そもそも誰のための仕事だと……。

とはいえ別に彼女だって、望んで今の状況になったわけではなく、むしろ彼女は河邊氏を救った人物とも言えるのだ。

そしてどうにもならない毎日を送っていた僕に、新しい『家』を与えてくれた存在でもある。ここは冷静でいなければ。

「……なんの発展もないようでしたら、別の対処法を考えなければなりません」

慌てて動き出した僕と、退屈そうにソファに座り直したホームズに、ハドソン婦人が苦々しく呟いた。

そりゃそうだ。そして一番先にクビになるのは僕だ。慌ててもう一度メールチェックをする。でもどうせ――。

「うん？」

その時、受信した一件のメールに、僕の指先が止まった。

「どうしました？」

不思議そうにホームズが、パソコンを上から逆さまにのぞき込んでくる。


『婚約者が神隠しに遭いました』


そう書かれていたメールのサブジェクト。

ぽつりと、ホームズが小さな声で呟いた。

「かみかくし……」

「なんだか気になりますね」

メール内容を確認してみると、南島《みなみじま》マリという女性からのメールだった。

『婚約者と近くの神社に詣でたのですが、気がつくと忽然《こつぜん》と彼の姿が消えていたんです』

だから、どうか婚約者を探してほしいと、そういう女性の切実なメールに、驚きながらも、僕はホームズに「受けようか」と問うた。

けれど彼女は首を横に振った。

「そんなの、神隠しじゃなくて、ただの結婚詐欺ですよ。私たちの仕事じゃありません」

「でも、調べずに結論を出すのは早くありませんか？」

「……じゃあ、どうぞ、お好きに」

僕の反論に、ホームズは更にすねたように唇をすぼめると、体を起こし、そのまま自分の部屋に消えていった。ハドソン婦人もなにか言いたげに僕を見て――そして、「無理はしないように」とだけ言い残し、自分の仕事に戻っていった。

とはいえ、なにもしないで、ソファでごろごろしているわけにはいかないのだ。

一度直接話を伺えないか？　という旨を返信すると、よほど困っているのか、依頼人の南島さんからすぐに返信が来た。いつでもいいそうだ。だったら話は早いほうがいい。

僕らはメールの翌日、シェアハウスのすぐ近く、古い石造りの倉庫を改造して作ったカフェ、『モースタン』で南島さんを待つことにした。

ゴールデンウィークを過ぎ、桜も散ってしまった5月のことだった。

2

待ち合わせの時間よりも、少し早めに家を出た僕とホームズは、カフェで南島さんを待つ間に、簡単な打ち合わせをしていた。

いや、するはずだった。

でも蘊蓄なら、話し出したら止まらないはずのホームズが、今日は何故か口数が少ない。

「君の知識の神殿に、神隠しについての情報は、あまりありませんか？」

「そういうわけじゃありませんけど……」

僕の問いに、曖昧な返事をして、彼女はミルクセーキをすすった。

店内は開店して間もないため客は少なく、耳の奥を撫でるような、ウィスパーボイスのボサノバが流れ、焙煎されたコーヒーの佳い香りが満ちている。

ホームズはそんな店内をぐるっと見回してから、長いため息を漏らすと、仕方なく……というように、重い口を開いた。

「神隠しという現象は、世界中で語られる、極めて多い超常現象の一つと言えます。イギリスのように、夏至やハロウィンに、妖精の国に消えてしまう人間の神話を筆頭に、実在の事件と伝えられているハーメルンの笛吹き男や、乗っていた10人全員が忽然と消えたメアリー・セレスト号等、たくさんの人間が一気に消えてしまう場合もあります。日本でも昔からよく恐れられた現象です」

100人を超える子供たちが、ハーメルンの笛吹き男によって、どこかに連れて行かれてしまった話を、寓話だと思っていた僕は、実際に元になった事件があると知って驚いた。

「でもまあ……神隠しは薄暗い夕方に起きることも多いですし、実際は人為的な理由が多いのではないでしょうか」

「人為的……たとえば迷子とか、事故とか？」

「そうですね……あとは口減らしとか——誘拐、とか」

とはいえ、消えたのは女性の婚約者。婚姻届をもらいに行く前に寄った神社で……ということなので、相手は18歳以上。神社に詣でていて気がついたらというなら、少なくとも争う声なども聞こえなかったんだろう。

普通に考えて、成人男性を音もなく拉致するというのは簡単なことではないと思う。だとすれば、やはり本人が自らの意思で姿を消したと思う方がスマートだろうか。

確かにホームズが、「私たちの仕事ではない」と、断ろうとしたのも頷ける。

とはいえ普通の失踪事件なら、むしろ僕らではなく、警察を訪ねればいいだけだ。わざわざ僕らに依頼してきたということは、普通の状況ではないという確信めいたものを、依頼人は感じているはずだ。

「それにしても、君はもっと超常現象に妄信的なのかと思ったよ」

「真実と信じたいからこそ、否定的なんですよ」

それは確かにそうだが、チュパカブラの時よりも、今回は妙に反発が強い気がする。

「まあ、調べてもし犯罪の臭いがするようなら、その時は素直に警察に任せましょう。データ収集という観点からも、話を聞いて損はないと思います」

そう言う僕に、ホームズは口にくわえたストローを、不満げにブクッ、と鳴らした。どうやら今回のこの『神隠し』事件は、ホームズの興味を、まったくといっていいほどそそらないらしい。

「そんなに嫌ですか？」

「だって……どうせこんなの、絶対痴情のもつれとか詐欺犯罪ですよ。超常現象とは関係ないと思います……」

くっきりと眉間にしわを寄せたまま、だらしなく机に突っ伏して、ホームズが「つまんない」と毒づく。

「人前でそういう、だらしないのはよくない」

家ならさておき、外ではよくない。ハドソン婦人が彼女を一人で外に出さない理由がよくわかる。

すっかりふてくされた様子のホームズが、「やっぱり帰りたい」なんて言い始めた時、店のドアベルが鳴った。

入ってきたのは、女性としては比較的背の高い人だった。

年齢は二十歳過ぎくらいで、口元に笑みをたたえ、おおらかそうだ。

時計を見ると、約束の時間の数分前だったので、一瞬彼女が『南島マリさん』なのかと思ったが、すぐに違うと思い直したのは、その女性が白杖を手にしていたから——つまり、彼女の視覚には障害がある。

あんなに早くスマホで返信をくれた南島さんが、目が見えないとは思えずに僕はホームズに向き直ったが、その女性は迎え入れた女性店員に、どうやら待ち合わせだと伝えているようだった。

でも店内を見回すと、2組いた客はどの人も人待ち風ではなかった。

まあでも、これから来るのを待つのだろう。改めて僕もスマホを取り出そうとすると、こ、こ、こ……と、木製の床を、小気味よい音を立て、女性がこちらに近づいてきた。

「あの……ホームズ……研究所のお二人ですか？」

人前であるせいか、『超常現象』の部分をそれとなく曖昧に濁し、僕らに問うた。

慌てて姿勢をただし——そして、彼女に見えていないかもしれないことに気づいて、でもそれでも僕は丁寧にお辞儀をする。

「僕は助手のワトソン、こちらが所長のホームズです」

「そういうお名前で仕事をされているんですね、なんだかカッコイイですね」

ふふふと、女性——マリさんが、馬鹿にするでもなく笑ってくれたので、ちょっとホッとした僕は、彼女に名刺を手渡した。

一応エンボス加工をしているので、これでも自己紹介にはなるだろう。

「南島です、宜しくお願いします」

名刺を指の腹でなぞりながら、彼女が軽く頭を下げた。

彼女にも席に着いてもらい、念のためICレコーダーでの録音の許可を得て、準備万端。

「では、お話を聞かせていただいてかまいませんでしょうか？」

そう切り出すと、彼女の顔から、笑顔がすっと消えてしまった。

「こんな話を本当に信じてくださるかどうか、不安なんですが……」

「ご心配なく。そういう信じられないような話を研究しているのが僕たちなんです……ただ、先にお伺いしたいのですが、何故警察ではなく私たちに？」

まず一番先に気になっていた質問をすると、彼女は俯いてしまった。

「それが……最初はもちろん警察に行ったのですが……私では彼の『行方不明届』を出す立場にないそうなんです」

思わずそうなのか、というふうにホームズを見ると、彼女は肩をすくめた。

「そりゃ、誰でも探せたら大変じゃないですか。婚姻関係を正式に結んでいたり、一緒に暮らしているならともかく、そうじゃなかったら、犯罪に繋がるかもしれないですよ」

言われてみると確かにそうだ。高校生に諭される自分が情けない。

「ようするに私たちが確認したいのは、貴方が彼に騙されていたのでは？　ということなんです。ただの詐欺行為でしたら、警察に行くなり、弁護士さんを立てるなり、しかるべきところにお願いするべきです」

あまり前進しない会話にしびれを切らしたように、ホームズが問うた。

「あの……警察も私は詐欺に遭っていたか、そうじゃなくても、彼は自分の意思で私の前から去ったんじゃないかって……」

「そうじゃないと考える理由はなんですか？」

「理由ははっきりしています。彼とはまだ籍を入れたわけでもなければ、事前になにか金銭のやりとりなどもしていないんです。私は感情論だけでお話ししてるんじゃないんです。彼とのお付き合いで失ったものと言えば……そうですね、せいぜい時間くらいです」

「だったら……非常にお答えにくい質問で恐縮ですが、その、お体の面でも？」

二人のやりとりを聞いて、僕は酷くプライベートな、嫌な質問を買って出た。彼女は一瞬不思議そうな顔をしてから、僕の言っている意味を理解し、頬を染め、「そういうこともありません」と小さな声で否定した。

「だったら本当に……確かにその、婚約者さんが得たものというか、貴方から騙し取ったものはないですね」

「そうなんです。だから詐欺らしい被害もないので、警察も捜査はできないって。楽しい時間を過ごせただけありがたいと思ったら？　って」

「そんな……」

いくらなんでも無神経な言い分だ。彼女が警察に不信感を抱いて、僕らに相談した理由がなんとなくわかって、僕は横目でホームズを見た。

彼女はまだどこか不機嫌そうな顔で頷きを返したけれど、その顔が今回の調査に乗り気じゃないせいか、それとも事件について考えごとをしているせいなのか、僕にはわからない。

「とにかく秀真《ほつま》さんは、そんな人じゃないんです。彼がこんな仕打ちを、私にするはずがないんです！　神社に行った時だって、これから一生、二人で頑張っていこうって、それを神様に誓おうって、そう言ってくれて……」

そうして一緒に祈っている間に、彼は姿を消したらしい。

「その神社の場所はどこですか？　北海道神宮？　西野《にしの》神社の方でしょうか？」

「いいえ？　相馬《そうま》神社です。豊平川《とよひらがわ》沿いの大きな書店のそばに住んでいるんですが、豊平区役所に向かう途中に、そちらの神社があるらしくて……」

「相馬神社……天之御中主大神《あめのみなかぬしのおおかみ》を祀《まつ》った神社ですね。樹齢３００年のシバグリがご神木の、札幌有数のパワースポットです。てっきり北海道神宮や西野神社かと思ったんですけど、相馬神社でしたか……」

「どうして西野神社なんですか？」

札幌市内に神社はいくつもあるのに、ホームズがその二つの神社を選んで質問したことを、僕は不思議に思った。北海道神宮は、まあなんとなくわかる。札幌で神社といえば、やっぱり北海道神宮だからだ。でももう一つの西野神社のことは、僕はあまり聞いたことがなかった。

「どうしてって……西野神社は、札幌では有名な縁結びの神社じゃありませんか」

そのくらい知っていて当然というように、ホームズが僕をちろりと睨んだ。

いやいや、悪いけど僕には無縁な神社じゃないか。それに僕は一応カトリックだ。

「無知を重ねるようで恐縮ですが、天之御中主大神は、結婚を控えて詣でるのはおかしい神社なんですか？」

「いいえ、そういうわけでもありません。文字通り天の中心の神様なので、いわゆる万能神です。実はそのすぐ隣に、平岸《ひらぎし》天満宮もありますが、そちらではなく、相馬神社を選ばれるのは、理解できますよ」

質問を続ける僕に、なんだかんだ蘊蓄が大好きなホームズが、滔々と答えた。

「それに相馬神社だったら、確かに出入り口が数カ所あったはずですから、貴方に気づかれないで、別の出口から出て行けそうですね。とはいえ、参道がかなり急な坂道だったはずですが……」

話を戻すように言ってホームズは腕を組み、ふん、と鼻を鳴らす。

「はい。でも一緒に行った時は、車で近くまで行けたんです。ただ……帰りは確かに怖かったです。他の参拝に来た方が気づいてくれたので、事なきを得ましたが……」

そういうのも含めて、彼が自分を置き去りにするような場所じゃないと、南島さんは強調したが、僕は内心、それは見方を変えれば、おかしいと思っても彼女が後を追いにくい場所でもあると思った。

詐欺じゃないかと、そんな感じで気が入っていなかったホームズも、少々謎の残る経緯と、そして神社の名前が出てきたせいか、俄然やる気になったらしい。タブレットを取り出して、相馬神社の周辺の地図を開いていた。

「確かに詐欺と言うには、被害らしい被害はありませんね。もう少し貴方と婚約者の秀真さんについて、伺ってもいいですか？　お二人のなれそめとか、人となりについても」

「ええ是非」

そう僕が問うと、南島さんだけじゃなく、ホームズも前のめりになるように、身を乗り出したので、僕はちょっとホッとした。ホームズの顔に、笑顔が戻ってきていたからだ。

まあ……事件を面白がることがいいとも言い切れないが。

とはいえ、やる気のないままでいられるのは困る。

結果が出なければ意味はないにせよ、なにもしないでいるのはいろいろ良くない。特に僕の精神衛生上、良くない。

胃に穴が空いてしまう前に、依頼がきて良かったと胸をなで下ろしながら、僕は南島さんの説明に耳を傾けた。

消えてしまった恋人との恋物語を。

3

「彼との出会いは、音楽ゲームのオフ会がきっかけでした」

「ゲームですか！」

まずは二人のなれそめだ。南島さんが嬉しそうに言ったので、僕は驚いた。

「驚かれるかもしれませんけれど、音楽ゲームは比較的私たちでも楽しめるんです。確かに不自由はありますが、スマホとかも使って、インターネットもできますよ。ｉＰｈｏｎｅには、ちゃんと目が見えなくても使えるモードがあるんです」

「なるほど……申し訳ありません、不勉強でした」

「特に私、耳はいい方なんです。今もテープ起こしを生業にしています。特に最近は動画配信サイトに活気があるので、企業が作った動画を文字に起こすとか……できないこともあるけれど、ちゃんと逆に得意なこともあるんですよ」

確かに僕より、一定の『生きにくさ』を抱えて生きる彼女が、僕よりもずっと軽やかに生きていることに、猛省した。同時に、やはり人間というものは強いと思った。命は、生きるために生まれ、生きていくのだ。

「あの……こう言っては失礼かもしれないですが、メールの返信が早かったので、お会いするまで、まったくそういうことに気づかなかったんですよ」

そう言う僕に、彼女は微笑んだ。

「両親を亡くしてしまって、今は兄夫婦と暮らしているので……少しでも負担になりたくなくて……なんでも上手にできるように、頑張ってます」

南島さんは本当にけなげで、一生懸命な人だ。こんな人が、詐欺に遭っていませんようにと思っていると、ホームズは僕とはまったく違うことに頭を働かせていたようだ。

「ということは、やっぱりお兄さん夫婦と上手くいっていないんですか？」

「そこまではありませんよ……兄は優しい人です。でも彼にも生活がありますし……」

「でも、貴方の失踪した婚約者を探すことには、協力してくれていないのですよね？」

「それは……」

ホームズの歯に衣着せぬ物言いに困惑したのか、あまりに図星だったのか、南島さんが口ごもる。

「普通、家族が婚姻届を出す寸前で、婚約者がいなくなったと困っていたら、少なくとも一緒に暮らす家族なら、もっと親身になりますよね。警察に行くならまだしも、こんな超常現象を調べているなんて胡散臭いところに、一人で行かせませんよ」

私でも行きませんと、ホームズが言った。それはそうだと思うと同時に、ホームズ自身も自分を胡散臭いと認識していたことに、少し安心した——あ、いや、でも胡散臭いのは僕も同じなんだが。

「兄は……私が自立するのを、あまり快く思っていないんです」

そんな僕らに、南島さんがおずおずと言った。

「物事を悪く考えがちな人なんです。もしなにか良くないことになるくらいなら、家にいた方がいいって……あの、もちろん私を心配した上で言ってくれているんです。でも、実際普段家にいるのは、兄ではなく義姉なので申し訳なくて……」

特に兄は最近、大きな仕事を任せられているらしく、出張も増え、家を空けることが多い。義姉とは必要最低限以外の会話はほぼないという。

「そういうこともあって、できれば早く、家を出たいと思っています。だから……確かに、秀真さんとは、話を急ぎすぎたような気もしてるんですが……」

出会って半年ほどで結婚を決めたことには、少し後悔もある——そういう言い方をしたということは、内心は本人も彼が直前で結婚に悩み、失踪したかもしれないと、そう思う部分はあるのだろう。

「じゃあ、お兄さんは結婚についても、もしかして反対を？」

「ええ……そもそもオフ会の参加も、兄は私には無理だってひどく反対していて。でも、ちょうどオフ会の前日から、出張で1週間くらい家を空けてしまったので、兄に内緒で行ってきちゃいました」

先天的なものではなく、中学生の頃に事故が原因で失明したという南島さんは、市の家庭生活訓練などを積極的に利用していることもあり、人の手を借りずにできることも多いと言うが、亡くなった両親やお兄さんは、彼女はもうなにもできない、なにもさせられないと思い込んでいるそうだ。

「秀真さんとは、もともと時々SNS上で交流をしていたんですが、札幌のオフ会で実際に出会って、意気投合したんです」

「趣味を通じてということですか、素敵な出会いですね」

嬉しそうに話す彼女に、僕も顔が綻ぶ。

「静かに優しい声で話す方でした。目の見えない私にも、嫌がらずに丁寧に対応してくれて……とても親切で、オフ会の日も、わざわざ家まで送ってくれたんです」

彼女の婚約者だった秀真という男性は、そういう紳士的な気遣いだけでなく、彼女との付き合い方にも長けていたそうだ。

手助けはもちろんありがたいのだが、体や白杖を掴まれたり、押されたり、急に耳元で話しかけられるのは、見えない分、やはりどうしても恐ろしいという。

けれど彼は、彼女を掴むのではなく、自分の腕に捕まらせたり、階段の上り下りや、段差など、優しく声をかけて教えてくれたそうだ。

「具体的に、『あと2段で階段は終わりだよ』とか、『君から向かって右側に看板があるから、左に一歩ずれた方がいいよ』とか、そう説明して下さるので、出かけていても、怖くないんです」

目が見えない生活を、具体的に意識して暮らしていない僕にとって、あらためて目からうろこが落ちる思いだ。確かに見知らぬ相手に、強引に舵を取られるのは恐ろしい。

「こう言ったら大げさかもしれないですが、世界が広がった気がしたんです。この人とだったら、どこまでも行けるって、そう感じたんです」

彼もまた、自分との時間を楽しいと言ってくれた。彼とはゲームや本といった、娯楽の趣味というか、『楽しい』の形が似ているそうだ。感性の似た二人なのだろう。

だから二人は、兄が出張でいない時を見計らって、何度もデートしたそうだ。

「兄は出張続きでしたから、会うのはそんなに難しくありませんでしたし、会えなくても毎日手紙のやりとりをしたんです。

「まさに恋文ですね」

「ええ。彼の知り合いが、点字対応のプリンターを持っているんですって。ちゃんと点字で毎日送ってくれたんですよ」

「プリンターもあるんですか」

それは知らなかったと言うと、彼女はブレイルメモという、電子手帳のような、小型の機器も見せてくれた。

小型点字ディスプレイで、今はそういうものを使ってメールを打ったり、読んだり、ウェブサイトを見たりできるという。専用のプリンターにつなげば、そのまま点字を印刷もできるそうだ。

「私は自分で打つ方が好きなんですが」

「それにしても、メールではなく手紙とは古風ですね」

「彼が点字を覚えたいと言ってくれたんです。手紙でやりとりしていけば、自然と自分も覚えられるんじゃないかって、そう言ってくれて」

そうして、半年くらい一緒に出かけたり、手紙のやりとりをしているうちに、自然と結婚の話が出始めたそうだ。

確かにこうして聞く限り、二人の交際は真剣なように感じるし、それだけ濃密なやりとりをしていたのだろうとも思う。

そして、その秀真という男性の人となりだ。彼女を通して聞いているのだから、良い部分が誇張されている可能性はあるにせよ、でもこうして聞いているだけで、好青年であることは、僕にも感じられた。

「そして彼はとうとう私にプロポーズしてくれたんです。兄に話しましたが、猛反対で……でも私だってもう子供じゃありません。私は私の、私自身の家族がほしかったんです」

「じゃあ……だから、二人だけで結婚に踏み切ったってことですか？」

「はい……たとえ今は反対していても、きちんと生活できていると知れば、兄は許してくれると思ったんです」

「なるほど、そうでしたか……」

「その点については、私も申し訳ないとは思ってるんです」

事情は察したにしても、なかなか強引な決断に踏み切ったという感は否めない。

そこはやはりお兄さんをきちんと説得したうえで……と思わずにはいられなかったが、とはいえ、たとえどう筋道を通した説得をしたとしても、一切聞き入れてくれない家族が存在するのもわかっていた――たとえば僕の父のように。

今回はこういった形で、ある意味お兄さんの言う通りになったと言えなくもないが、すべて結果論だ。仕方ないことなのかもしれない。

……と、考えていた僕の隣で、ホームズが「ふうん」と、どこか釈然としないような声を上げた。

「じゃあその秀真さんは、一緒にお兄さんを説得してくれなかったんですか？」

「え？　……ええ、兄が会いたくないと言って――」

「でも家族の同意って、結構大事な話ですよね。秀真さんは、大事な説得をあなただけに任せたんですね？」

南島さんは、ホームズの言葉に反論の言葉を失って、口ごもった。

でも、確かにその通りだ。本気で結婚したいなら、会いたくないと言われただけで引っ込まずに、食い下がってもいい気がする。とはいえ、そういった具体的なやり取りを、僕たちは実際には聞いていないのだ。

「もちろん、お二人でいろいろ協力されて、悩まれたうえでの結果ですよ」

慌ててそうフォローしたが、ホームズは肩をすくめた。

「そうですか？　話を聞いてると、あんまり誠実そうな人に思えなくて。隠れて会うとか、説得を南島さん任せにするとか。まるでお兄さんを避けているようじゃありませんか。後ろめたい部分があるように聞こえます」

「あまり兄をよく思っていなかったからだと思います。彼は兄が横暴すぎるって……」

そう言いかけて、南島さんはきゅっと怒りを覚えたように、唇を横に引いた。

「それに、私だってもう、なんでも兄の許可が必要な年齢ではありませんから」

自分の方で、兄の説得を重視していなかったことや、なにを言われても、どんなに反対されようとも、絶対に結婚するという意思があったから――だから、婚約者と一緒に、説得に当たろうともしなかったし、自分のほうで断ったのだと、彼女は断言した。

ホームズはまだあまり納得できないように、相槌を打った。空気が少しヒリヒリした。

「あの……彼の失踪に、それらしい兆候はなかったんですか？　迷いのようなものは」

雰囲気を変えたかったせいか、質問する声のトーンが少し上擦るように高くなってしまった。

それでもそんな僕の意図を汲んだらしく、南島さんはホームズに向けていた、反発心のようなものをやわらげ、僕に「いいえ」と首を振った。

けれどすぐに思い直したように「やっぱり」とつぶやく。

「なんでもいいです。おかしいと感じたことがあれば、関係ないと思っても言ってください」

そうホームズが言ったので、また南島さんは顔をしかめ――けれどうなずいて見せた。

「おかしいといえば……いなくなってしまう何日か前に、『たとえ僕になにかあったとしても、いつかかならず君を迎えに行くからね』と言われました。まるで自分になにかが起きることを覚悟していたような、そんな気がするんです」

「なにかが？」

「はい。プロポーズからそんなに日が空いていなかったので、なんというか……気持ちが高ぶって出た言葉なのかと思ってたんですけれど、今考えてみるとおかしいかなって」

「…………」

僕はホームズと顔を見合わせた。ホームズはなにか考えごとをするように、眉間に深いしわを刻んだ。

「でも……本当にお別れの言葉も、悲鳴も、なんにもなかったんです。まるで神隠しのように消えてしまったんです」

「その時の状況を、もう少し詳しく教えていただけますか？」

悲しげに言う南島さんに、ホームズはまた少し身を乗り出した。

「はい……二人で神社に行って、参拝しようとお賽銭を投げて、鈴を鳴らしました。それは間違いありません。彼が鳴らした音がしましたから」

歩きにくい道に気を付けるように、そこまで彼が優しく手を引いてくれたと、彼女は自分の左手を右手で包み込んだ。

「けれど、二拝二拍手一拝の二つの手の音を聞いて、神様にお祈りを捧げて——そして顔を上げた時にはもう静かで……最初は彼が長くお祈りしてるかと思ったんですが、それにしてもおかしいなって思って声を掛けたら、もう返事がなかったんです」

「秀真さんの会社などには問い合わせてみましたか？」

「ええ、でも元々彼は起業家で、一人でお仕事をされている人で、同僚という方もいませんし、もういっさい連絡が付かなくて」

「なるほど……」

行方不明届を出そうにも、自分では無理で、けれど代わりに出せる相手すら見つからない。途方に暮れた彼女がたどり着いたのが、この『ホームズ超常科学研究所』だというのは、ことさらに悲しい。

藁にもすがる思いだったことが、改めてわかった。

「本当に彼と金銭のやり取りなどはなかったんですよね？」

考えごとをするような表情で、ミルクセーキをず、と吸い上げてから、ホームズが問う。

南島さんは強くうなずいた。

「あと……逆にあなたと暮らすことで、メリットはありますか？　例えば税金の控除など」

「メリットですか？　目のことで控除がないわけではありませんが……私が仕事をしておらず、扶養の形だとすれば、兄が税金控除の対象にはなるのですが、私も今は一定の収入があるので」

そんなに得を……ということはないと思う、と彼女は首を横に振った。

「わかりました。確かに警察では解決できないでしょう。依頼をお受けします。秀真さんからのお手紙を、何通かご用意していただけますか？」

ホームズは、一度場を引き締めるように、パン、と両手を合わせて打ち鳴らすと、覚悟を決めたように言った。

「そうおっしゃられるかと思って、4通ほど持ってきました」

なかなかに聡明な南島さんが、カバンから手紙を数通取り出す。ホームズは手紙を受け取ると、さらに彼女の兄の会社と、家にある点字プリンターで、適当な文書を数通印刷してきてほしいと言った。さらに彼女が自分で手打ちした文書もだ。

そして後日、もう一度、今度は兄夫婦と一緒にオフィスに来てもらう約束を取り付け、南島さんを店から帰した。

「……どうだい？　実際に神隠しだと思う？」

すっかり冷えた珈琲を飲み干してホームズに訊くと、彼女は声を上げて笑った。

「どうでしょうね。でも、『違う』という可能性をしっかり潰すのも、また大事なことじゃないですか？」

面倒くさいですが、とさらに小さく付け加え、それでも彼女は微笑んだ。

「ねえワトソン。私、人間って原則的に損得で生きる生き物だと思うんです。ただ、ほしいものと要らないものが、人によって違うだけなんですよ」

「え？」

唐突な言葉に僕が思わず首をかしげると、彼女はにんまり笑顔を深める。

「神隠しは人間の仕業です。だったら『秀真さん』の失踪で、確実に得をする人がいるはずです。もしくは彼女の結婚で、損をする人が」

そう言って、ホームズはミルクセーキを飲み干した。

4

ホームズは、すでに事件の道筋のほとんどがわかったと言った。けれど、まだ点と点が完全に結ばれていないそうだ。

彼女は南島さんから受け取った手紙を見て、嘆息した。

「思った以上にわかんないですね、点字って。ワトソンは読めますか？」

「いや……申し訳ないが」

「お医者さんなのに」

「医者って言っても、僕は外科医だし、そもそも医者だからって、介護関係に強いわけじゃないよ。それに点字っていうのは、ちょっと読むのが難しくてね」

点字は縦3横2の合計6つの点の位置で成り立つ文字だ。50音や濁音、記号やアルファベットなどに対応していて、凹凸の位置で判別する。

単語ごとに区切られた言葉を、左から右に拾って読んでいくのは、単語表さえあれば文字を把握することはできるとはいえ、慣れない人間にそうすらすら読みこなせるものではなかった。

「実は……子供のころ、母親に付き合わされて、絵本の点訳をしたことはあるけどね」

ボランティア活動に精を出す母が、教会がらみのなんやかんやで、1冊絵本を点字に訳する、なんて作業を確かに手伝ったことはあるので、正直言えば、まったく知らないものでもないけれど。

「じゃあ、少しは読めますか？」

「いや……それがね、普通に手で打つタイプだったからさ。凹凸のついた専用のプレートに紙を載せて、先の丸まった点筆で、ぽちぽち打っていくんだけど、実際に読むのはそれを裏返した状態なんだ」

ぽっこりと、丸く出っ張った部分に触れて読むのだから、書く時は裏から一穴ずつ、点筆で打ち込んででっぱらせなきゃいけない。

「読むのと書くのでは、中身がまるっきり反転するものなんだ。だから読めても打てない、打てても読むのは苦手、なんて人も多いんだよ」

「なるほど……じゃあ裏返して読んでみたらどうですか？」

「え？」

手紙なら、打つ時と同じ状態にして、裏から読めばいい……どうしてそれじゃダメなんだ？　とホムーズは瞬きをした。

「いや、そうだけど……点読そのものも難しいし、実際それを文章として理解するのは、また難しいことで……」

でもそんな言い訳がましい僕を無視するように、ホームズは受け取った4通の手紙を無言で差し出してきた。

「お願いします」

「…………」

「ワトソンならできますよ」

まっすぐに見つめられ、そんなふうに言われたら、できない、なんて言えない。

「……まあ、善処はしますけど」

とはいえ、指先で一つずつ小さな点を拾っていくのは、なかなか骨の折れる作業だ。

借り物の手紙を汚すわけにもいかないので、仕方なく僕は印刷した紙に、一文字ずつ点を書き写し、裏返して読むという、地道な作業を開始した。

出力こそプリンターを利用したとしても、秀真氏が本当に南島さんのために点読を覚えたのだとしたら、それは随分な苦労だったんじゃないかと思う。

詐欺だとしても、金銭がらみのあれこれではなかった。だとすれば、なんのためにそこまで？　という思いが湧き上がる。

恋人のために一生懸命覚えた……のでなければ、本当は元々点字が読めたのか、読める人が一緒にいたか——なんて推理してみたものの、確信できるような答えは、僕には思いつかなかった。

「それにしても、読みにくいなあ」

便せんが厚いせいなのか、印刷が薄い。仕方なく虫眼鏡を装備した。いよいよ『シャーロック・ホームズ』ぽいじゃないか。

「大丈夫ですか?」

「まあなんとか……」

「よかったです、お願いします——内容は関係ないかもしれないんですけど」

「え?」

「その時は申し訳ありません」

でもまあ、確かにまずはわかる状況を調べていくしかないので、結果的に無意味だとしても仕方がないか。

それに、これはこれでいい勉強になるだろう。ホームズは『自分に必要ないことは忘れる』主義らしいが、どんな知識も無駄になることはないと思う。

ホームズはなにかを熱心に調べているようだし、僕も自分の仕事に専念した。なにはともあれ、『やらなければいけないこと』があるというのは、ある意味安心する。


同じリビングの風景だが、2日前よりずっと充実したリビングで、手製のティーソーダ片手に作業していると、自分の仕事の合間を縫って、ハドソン婦人が帰ってきた。

すぐ戻らなければならないというハドソン婦人に、アイスティーを入れて差し出す。彼女はそれをくーっと勢いよく飲み干した。彼女は時々せっかちだ。

「頼まれていたことを調べたんだけれど」

空いたグラスを僕に返しながら、ソファに寝転んでタブレットを眺めるホームズに、ハドソン婦人が言った。

「その秀真という人の会社だけれど――」

「やっぱりバーチャルオフィスでしたか？」

「……ええ、そうよ。確認したの？」

「いえ、でもお一人で仕事をされていて、今連絡が付かないのであれば、もしかしたら実際にはオフィスを借りていないかもしれないと思って」

「そうね、その通りよ」

ハドソン婦人が目を細め、頷いた。バーチャルオフィスとは、レンタルオフィスの形態の一つだ。

ビジネス用に『住所』を借りると言えばいいのだろうか、実際に部屋を借りるのではなく、企業に必要な住所や電話番号、ＦＡＸ番号をレンタルするシステムで、サービス内容によっては、電話代行や郵便代行をしてくれる。

断然初期費用を安く会社が始められるし、副業などの際に便利なのだそうだ。

「……なんとなく、きな臭い気がするけどね」

その身軽さは、ある意味犯罪にも使えるんじゃないんだろうか。

「そうでもありませんよ。ネットショップの経営用になど、今はそう珍しいことじゃありません。最近は審査も厳しいという話も聞きますし」

とはいえ、犯罪に使用されることもゼロではない、と、ハドソン婦人。

「まあ、どっちにしろ想像はしてましたから。そもそも会社名が『オフィスライズ』って、結局なんの仕事だかわからないです」

「そう言わないで。確か『ライズ』は、日本の企業登記名ランキング2位だわ」

でも確かになんの会社なのかはわからない、とハドソン婦人も首をひねった。南島さんにも、秀真氏の仕事がなんなのか訊いたが、コンサルタントの仕事をしている……くらいしか知らないそうだ。

一応ネットで検索しても、秀真氏の会社とおぼしきデータは探せなかった。

「あと、南島さんのお兄さんの方はどうでした？」

そうホームズが重ねて質問した、こちらは『マルイ通信工事』と、わかりやすい社名だ。電気通信工事会社らしい。

「そんな出張の多い仕事なんですかね？」

「そうね、地方のケーブル工事とか、出張そのものは珍しくないみたいだけど……」

思わず口にした疑問に答えたハドソン婦人が、不意に言葉を濁す。

「――実際は彼が頻繁に出張に行った記録はないんですね？」

ホームズは、またにっこりとなにかを確信したように、笑顔でそう問うた。

「ええ……南島さんがオフ会に行ったという日もね、早々に仕事を切り上げて、定時で退社したみたいだわ――それに」

「それに？」

「彼、興信所がついてるわよ」

「え？」

「依頼者まではわからないけれど……でも、うちでも使ってる調査会社だから確かよ。思ったよりも複雑そうな依頼ね――ただの詐欺事件のようなら、すぐ手を引いたらいいと思うわ。私たちの仕事じゃないから」

いったいどういうルートでそこまで調べたのかは訊けなかったが、それだけ言うと、ハドソン婦人はまた仕事に戻った。

バーチャルオフィスに空出張、興信所――確かに、思ったより、構造は複雑らしい。

「君は、なにかわかったかい？」

またソファに寝転んで、難しい顔でタブレットを見上げるホームズに声を掛ける。

「そうですね……やっぱり私に翻訳は難しそうです」

「え？」

「………？」

疑問符を投げかけた僕に、逆に不思議そうなまなざしが返ってきた。

「……あ、ヴォイニッチ手稿じゃなく、南島さんの話だよ？」

……ちょっと待った。彼女は今、いったいなにを見ているんだ……？

「ああ。南島さんの依頼のことでしたか。あっちは簡単なことですよ。ただ、犯人の本意が読めなくて、確信というか、断言できないってやつですね」

「ええ？」

「でもまあ、会えばきっとすぐにわかります」

「すぐにって……」

南島さんの兄夫婦も呼んでの面談は3日後だ。それまでに秀真氏の手紙を訳さなければならない僕の苦労のすぐ横で、彼女はいったいなにをしているのだろう。

若干釈然としない気はするが、とはいえ、僕には秀真氏の神隠し事件を解決できそうにはない。

仕方なく再び手紙に向き直ったが、僕はその日、ちょっとだけ機嫌が悪かった。

5

2日間、僕は苦労して手紙を訳したが、中身はゲームの話だったり、一緒に食べた料理の話だったり、おおよそ事件に繋がる内容とは思えなかった。

とはいえホームズは、「直接事件に関わっていそうならともかく、理由がはっきりしないなら、とりあえずあまりプライベートな内容の手紙は、持って来たくないんじゃないですか？」と言った。

ある程度は覚悟していたが、2日間の苦労が水の泡だと思うと、くやしいを通り越して悲しい。

もっと早く言ってくれたらいいのに。

そうして3日目の午後6時頃、南島さんがお兄さん夫婦を連れて、僕らのオフィスにやってきた。

今日はハドソン婦人も一緒だ。簡単な挨拶を済ませた僕らを、一秒も邪魔しない、完璧な秘書の作法でお茶を置いて、彼女は応接室を後にした。

多分、それと気づかれない仕草で、しっかり室内の会話も耳にしているだろう。

「本当にわざわざお越し下さって、どうもありがとうございます」

「いえ……ただ、こういったことは今回限りにしていただきたいんです」

僕の挨拶に、迷惑そうに言ったのは、南島さんの――マリさんのお兄さんだ。妹さん同様身長が高く、大柄で、けれど妹さんのようにおおらかそうと言うよりは、厳《いか》つい顔が威圧的な人だった。

「それは状況によるかと思います」

そう笑顔で答えたホームズに、妻が「いえ、迷惑です」ときっぱり言う。

夫が大柄であれば、その細君もなかなか高身長で、トールサイズな一家だ。並ぶと妙に圧迫感がある。

「状況がなんであれ、もう二度とやめて下さい。妹の醜聞が広まってしまうのは、この子自身のためになりません」

「醜聞ですか。随分古風なことを仰るんですね？」

思わず口を挟んでしまった。醜聞か。でも、いったい誰から広まって、誰がなにを言うというのだろう？

「でも恥ずかしいことです。他人に傷物にされたなんて」

「変な言い方しないで！　秀真さんはそんな人じゃありません」

それを聞いて、末席で縮こまるようにしていたマリさんが、反射的に声を荒らげた。耳まで真っ赤にして言う彼女に、少し違和感を覚えた。結婚を控えた大人の恋人たちが、半年の間に、なんのスキンシップもしないだろうか。

どんなに誠実で紳士的でも、口づけぐらいはするだろう。今は21世紀だ。

それとも先に進むと、面倒になることでもあるんだろうか？

「まあでもご心配なく。きっと今日限りですよ。だってその秀真さんは、もうすぐに見つかりますから」

けれど一瞬にして険悪になった室内の空気を吹き飛ばすように、ホームズが言った。

「え？」

「本当ですか？」

南島兄妹が、驚いたように身を乗り出す。その真ん中で、兄嫁である絵梨衣《えりい》さんだけが、冷ややかな表情で僕らを睨むように見つめていた。

「多分ですけどね——ああ、マリさん。お願いしていたもの、お持ちいただけましたか？」

「あ、はい。家で印刷してきた点字の文書ですよね」

それと、私の打ったものも——そう言って彼女は2枚の文書を僕らに渡してくれた。

そのうちの1枚である、マリさんの打った文書を見て、ホームズがまたなにかを確信したように微笑み、頷いてみせる。

「見て下さい。ここに3枚の紙があります」

そう言うと、彼女はマリさんの打った手紙とは別に、自分で用意した3枚の文書を、僕らと南島家の間を隔てるテーブルに、1枚ずつ並べた。

「1枚は秀真さんからの手紙、もう1枚は南島さんが印刷してきた文書、そして最後の一枚は、私の知り合いに印刷してもらった点字の文書です——仮にそれを前から順番にA、B、Cとしましょうか。よーく見て下さいね」

嬉々とした表情で、「さあ！」と両手を広げてアピールするホームズとは対照的に、南島夫婦は怪訝そうに顔を顰めていた。

「見てわかりませんか？」

「失礼ですが、なんのお話をする場なんでしょうか？　義妹の件じゃないんですか？」

「これがそうですよ？」

「私たち夫婦は、貴方たちがもう二度と妹に関わることなどないよう、お願いに来ただけです」

そう比較的丁寧に言ってくれたのは、義姉の方。

「でも、相談に来たのは、マリさん自身です。彼女の意思はどうなるんですか？」

「意思もなにも、恋人に逃げられた恥ずかしい人間を、更に詐欺に引っかけようなんて、貴方たちは恥を知るべきですよ。場合によっては、警察を呼びます」

怪訝そうに言ったホームズを、正面から罵倒したのが兄の方だ。マリさんが悔しげに唇を噛み、俯く。

誰に対しても優しさのない言葉だと思った。そして当然、ホームズはそんな言葉には屈しない。彼女は南島兄を、キッとにらみ返した。

「四の五の言わずに読んだらどうでしょうか？　それに警察を呼ばれて困るのは、むしろそちらの方だと思うんですが？」

「どういうことですか？」

「それとも、もしかして、点字が読めないんですか？　……マリさん、これ、読んでみて下さい――ああ、文章はどうでもいいです。この3枚を比べて、貴方ならどう感じるかを教えて下さい」

静かな怒りをたたえた南島兄にしびれを切らしたように、ホームズは、ふ、と彼を鼻で笑って、マリさんを見た。

「難しいことじゃないです。気づいたこと、感じたことを教えて下さるだけで」

「はあ……」

兄夫婦を気にするそぶりを見せながらも、マリさんはホームズが手渡した文書に触れた。指先で読むという仕草は、さらさらと紙を滑る、優しい音がする。その音は、なんだか妙に心地がいい。

彼女は時折眉間にしわを寄せ、悲しそうな表情をしたり、険しい、考えるような顔をした後、ふう、と一息ついた。

「どうでしょう？」

「そうですね……まず思ったのが、あの……これが一番読みやすいです」

そう言って彼女が1枚の文書を僕らに差し出した。それはCの文書、つまり僕らが用意したものだ。

「何故ですか？」

「単純に、多分プリンターが新しいからだと思います。凹凸がしっかりしているので。逆に……この2枚は、機械が古いのかしら、凹凸がかすれてきていますから」

「その通りです——だったら、これだったらどうでしょう?」

そう言って、ホームズはもう3枚の便せんを彼女に差し出した。

「どうって……3枚とも秀真さんからの手紙ですが……」

「だったらこれは?」

「え……?」

再び渡されたのは、文書B、つまり、彼女が自宅のプリンターで印刷してきた文書だった。

「……あ」

それに不思議そうに触れるマリさんの表情が、急に強ばった。

「どうしましたか?」

「わかりません……わかりませんけど……」

「けど?」

マリさんは言葉を詰まらせて、困惑の色を見せた。

「思ったままのことを仰って下さい。今、貴方が感じたことを」

そうホームズが優しく促した。

「だったら……そうですね、この4枚は、どれも同じ機械から印刷したように思えます。

かすれ方が似ているんです。確かに皆さん何台も買うものではありませんし、大抵は古いのをいつまでも使っているので、読みにくいのは必ずしも珍しいことではないんですが……」

でも、あくまで肌感覚では、同じプリンターで出力したように思えると、マリさんは言った。

「ちなみに、どの文書ですか？」

「……秀真さんからの手紙と、私が自宅で印刷した文書です」

「なるほど。でもそれってすごい不思議な話ですね。いなくなった恋人が、毎日貴方の家のプリンターを使って、貴方への手紙を印刷していたってことになりますよね？」

「そんな……違います。やっぱり、私の勘違いです！」

マリさんは改めて否定をしながら、大きくかぶりを振った。けれどその顔に浮かんだ動揺が、恐れのようなものが、すべてを物語っていた──おそらく、ホームズと彼女が推測するように、きっと使われたプリンターは同一なのだろう。

「いったい、なんの話をしているんですか⁉」

そんな取り乱した妹を前に、マリさんの兄はとうとう声を荒らげた。でもそれは、彼自身の焦りのようにも見えた。

「ありがとうございますマリさん。私もちょっと自信がなかったんですけど、これで確信が持てました」

けれどそんな南島家の混乱などどこ吹く風で、ホームズはにこにこと言った。

「なんなんですか！　もうこんな茶番は――」

「お兄さん、貴方の仕事のスケジュールを調べさせていただきました」

「え……？」

「マリさんが、貴方が最近とても忙しいって仰ってたので、なにをなさっているのかなーと思って、ふふふ」

「ふふって……そんな、なにを勝手なことを！」

「別に、貴方の会社に直接問い合わせただけですよ？　でも不思議ですね、社長さんの話では、貴方は出張なんて行っていないそうじゃありませんか」

「社長が……それは、社長が勘違いしているだけだ」

咄嗟に語気を強めたものの、ホームズが笑顔で言うのを聞いて、南島兄は急に勢いを失ったように、ちらちらと妹と妻の顔を横目で窺いながら、もごもご言った。

「ああでも、いいこともあったんですよね。お陰で半年の間、貴方が不在のたびに、マリさんは秀真さんに会うことができました」

「……なにが言いたいんだ？」

引きつった声には、明らかな緊張が込められている。それを察したように、ホームズはハドソン婦人が用意していった緑茶を手に、「どうぞ飲んで下さい」と言った。

「都合の悪いことの暴露が怖くて、飲めないわけじゃないなら、リラックスして召し上がれ」

そう言われたら、飲まないわけにはいかないだろう。彼は前のめりになって、浮かせていた腰をソファに落ち着け、無言でお茶に手を付けた。

マリさんは不安げで、兄嫁はまるで能面のように無表情だ。ヒリヒリとした空気に、僕は喉がカラカラになっていたが、ホームズのようにのんびりお茶をすすり、お茶請けのたまごまんじゅうをかじる気にはなれない。

「マリさんから秀真さんのお話を聞いていて、私、すごい素敵だなーって思ったんですよ。とってもいい恋人だな〜って」

珍しく少女らしい純真さで、くすぐったそうに笑うホームズだったが、見た目はかわいい『おっさん』だ。誰一人として、同じように笑顔を返す人間はいなかった——いや、もしかしたら、別室で僕らを監視しているハドソン婦人は、今頃カメラの向こうで笑っているかもしれない。

「だって完璧な王子様って感じじゃありませんか？　お二人のやりとりから、私もいろいろ勉強させていただきました——点字のことや、そういうプリンターがあること、突然後ろから声をかけたり、腕を掴んだりすると相手が怖いことを、私はマリさんに伺うまで知らなかったんです」

確かに僕も同じだ。いや、どこかで学んだかもしれないが、あまり身についていなかったし、咄嗟にできる自信もなかった。勉強になった。

「だから思ったんですよ――秀真さんは、随分都合のいい王子様だなって」

それまで、にこにこと場違いな陽気さで、天使の笑顔で話していたホームズが、悪魔の微笑みで南島兄に言った。

「え?」

ひく、と南島兄は顔を引きつらせ、やや挙動不審気味に周囲を見回し、湯飲みを置いた。

「点字を扱った経験のあるワトソンですら、たった4枚の手紙を訳すのに、丸2日かかったんですよ。点字プリンターも、持っている知人を探すのに結構苦労しました――だから奇妙に感じたんです。彼は介助の経験があって――特にマリさんの扱いに慣れてるようですらあると。本当は彼女の身近な人なんじゃないかって」

それを聞いて、南島兄はぎょっと驚いたように目を見開き、そして兄嫁は視線を下げた――それをホームズは見逃さなかったようだ。

「……あれ?」

不意にホームズが、不思議そうな声で小首をかしげた。

「……ホームズ?」

「んむむー？」

彼は食べかけのたまごまんじゅうを口にくわえたまま、腕を組んでなにかを考えるように、首をひねり……そして唐突に、「あ」と呟いて、まんじゅうを口から膝に――いや、落としそうだと警戒していた僕の手に落とした。

「……ああ、そっか。やっとわかりました」

「ホームズ、いったいなにが……」

「ずっと不思議だったことですよ！　わかりました、謎が解けたんです！」

「いや、またヴォイニッチ――」

「ヴォイニッチ手稿のことじゃありません。秀真さん神隠しの真相と、その理由です。どうしてもピースがはまらなかったんですけど、これやっとわかりました」

あーよかった、と、一人納得したように、ホームズが胸をなで下ろす。

「あ……彼はなにを言ってるんだ？」

当然困惑するのは南島家の人々で――いや、僕自身も、彼女のパズルがどう完成したのかはわからない。

「え？　わかんないんですか？　簡単な話だったんですよ。そしてこれは――本当に優しいお話だったんです」

はー、と満足げに息を吐き、ソファの背もたれにふんぞり返るホームズ。

馬鹿にされていると思ったのだろうか、また再び南島兄の顔に怒りが浮かんだ。それを見て、ホームズはまたにこっと笑った。

「浮気してますよね？」

「……なに？」

「お兄さんは奥さん以外に女性がいるんですね。私、最初はてっきり、あなたが秀真さんのフリをしているんだと思ったんです。あのオフ会の日も、出張も、あなたが秀真さんになるためなんだって。現にあなたと秀真さんが、顔を合わせたことはないでしょう？」

「あの日は本当に出張で――」

「ああ、そういうの、もういいと思いますよ。奥さん気がついてるし」

「え……？」

確かに、彼女は気づいていたのだろう。

慌てふためく兄の横で、確かに兄嫁は表情筋をぴくりとも動かさず、うつむき加減でじっと、テーブルの上の黄色いたまごまんじゅうの包みを睨んでいる。

では、ハドソン婦人の言っていた興信所に、調査依頼をしたのは兄嫁だったのか。

「ね？」

いやいや、「ね？」じゃないホームズ。僕に笑顔で同意を求めるな。

ホームズのその無神経さに名前を付けるならば、なんだろう。

トンネル掘削機械《シールドマシン》か、落下隕石か。

逃げることのできない圧倒的な破壊力で、彼女は人の心に大きな穴を開けていく。

「まあ、そんなことはさておき、今は秀真さんのことですよ」

「それはそうだ。というか、なんで僕が妹の恋人のフリを！」

必死に話題をすり替え、追及を避けるように兄が言った。

「そうなんです。だから不思議だったんです。最初はなにかお金のこととかかな？ って思ったんですけど。でもそうじゃなかった。あなたは妹さんのためじゃなく、単純にご自分の欲望から奥さんを裏切って、出張と偽っては、他の女性と同衾《どうきん》していたんですね」

「いや、そういうわけでは……」

「今更ごまかしても遅いです。それに今、口で否定しながらも、顔では頷きましたね。動揺してしまったから、口では否定できたものの、体は素直に反応してしまったんです。瞳孔も、きゅっと小さくなりましたしね」

全然すり替えられなかった話題に、尻すぼみに答えを返し、身を縮こまらせた。でも僕も見た。咄嗟に彼が頷いてしまったのを。

「……いや、全然違うよ。この人たちが、なにもわからずに勝手を言っているだけだ、その」

今更、なにがどう違うというのか、どう誤魔化すつもりなのか。

それに奥さんの気持ちはどうなのか、さすがにこの席でこういった形で秘密が明るみに出ることは、彼女にとっても困るんじゃないかとか、さまざまな心配が胸をよぎる。

「——黙っていて」

「え?」

「私がこれ以上に我慢できなくなる前に、少し黙っててって言ってるの」

けれど奥さんは、声を荒らげることもなく、氷のようなまなざしで夫を睨み、顎をしゃくるようにしてホームズの方を向かせた。

「絵梨衣さん、あの……ごめんなさい、私、そんなつもりじゃ……」

そんな兄と兄嫁を前に、マリさんが泣きそうな顔をした。

確かに彼女は、こんなことになるとは思っていなかっただろう。彼女はただ婚約者を探していただけで、兄夫婦の関係に刃を突き立てるつもりはなかったはずだ。

「大丈夫ですよ、マリさん。お義姉さんは、貴方を怒ったりしませんから」

だのに、ホームズはあっけらかんと言った。

夫だけでなく、僕やホームズにまで、奥さんは凍える刃のまなざしを向けていたが、その視線は、ホームズで止められた。彼女に表情がないのが、余計に恐ろしい。

「考えて下さい。実はここにはもう一人、マリさんの状況に詳しくて、そして秀真さんに会ったことがない方がいます」

でもホームズは、彼女の視線に臆するどころか、ぱちんと片目をつぶって見せた。

「お兄さんがいない時しかマリさんに会えなくて、マリさんの家のプリンターを使える人が——お義姉さん……絵梨衣さんでしたっけ。違いますか？」

「………………」

突然求められた同意に対し、絵梨衣さんは沈黙を返した。

でもその沈黙は、逆に奇妙だった。

「……絵梨衣？」

「どういうこと、ですか？」

南島兄妹は、おずおずと絵梨衣さんに問うてから、結局ホームズを見た。

「え？　これだけ言って、まだ説明しなきゃいけないんですか？」

もうすでに話は終了したつもりだったのか、もう一つたまごまんじゅうの包みを開けていたホームズが、顔を顰める。

「だーかーらー、秀真さんなんて最初からいないんですよ。彼はお義姉さんです。絵梨衣さんが変装して、『秀真』になっていたんです」

6

驚く僕らを前にして、絵梨衣さんは氷のように、しばらく沈黙を守っていた。

両隣の南島兄妹の存在すら見えないような、そんなうつろな表情は、怒りであり、諦めであり、そして嫌悪のように見えた。

彼女は遠いまなざしで、なにかを軽蔑していた。

それが誰のことなのか――それとも、複数人なのか――まではわからない。

「というわけで……依頼は解決ですね」

ぽくぽくと音を立て、たまごまんじゅうを食べながら言うホームズ。

「いやいや、まだ全然解決していないよ……ホームズ」

「え？ そうですか？」

いったいなにを話せばいいのか？ というように、ホームズが首をかしげた。こりゃダメだと、再び絵梨衣さんに視線が集まる。

ややあって、絵梨衣さんも諦めたように、深く長い息を吐いた。

「……だとしても、私が一体なんの罪を犯したっていうんです？ 彼女の体は傷つけていないし、金銭も奪ってない。正式に家や人を通した形で、婚約を結んだわけでもないし、実際に婚姻届だって出してないし、私は記入もしていないわ」

冷ややかに、絵梨衣さんが低い声で絞り出した。随分低い声色だ――まるで、男性のような。それを聞いて、くしゃっとマリさんの顔が泣きそうに歪んだ。

「……どうして？」

「復讐に決まってるでしょ」

絵梨衣さんが吐き捨てた。

「私に妹の世話を押し付けて、他の女にうつつを抜かした男と、人の気も知らないで、毎日楽しそうに暮らしている妹に対する、復讐に決まってるわ」

「そんな……」

それを聞いて、とうとう溢れ出した涙に、マリさんが顔を覆った。

「え？」

けれど一人不思議そうなのはホームズだ。

「だめですよ、そんなの。なんでそんな嘘をつくんですか？」

「嘘ですよ。この手紙のどこが復讐なんですか。完全に楽しんでたじゃないですか」

「別に嘘なんかじゃ……」

あはは、とホームズが笑い飛ばした。でもそうだ。甘い言葉をささやいて、彼女を惑わせていたのならば、まだその毒にも気がつくだろう。

でもテーブルに広げられた4通には、ただただ、喜びや笑い、愉しさに溢れている。復讐者が綴った文章には思えない。

「確かに……ゲームの専門用語ばっかりで、訳すのに相当苦労したんですよ？　でも嘘だったら、毎日点字の手紙に返事を書いたり、一緒に出かけたりしないでしょう……少なくとも僕が読んだ手紙に、刃は見当たりませんでした」

おずおずと僕もそう言い添えると、氷の表情に、初めて動揺が走った。絵梨衣さんは困ったように、僕らとマリさんを見た。

「でも私はマリを、下世話に監視するつもりで、秀真として近づいたのよ！　それは純然たる悪意でよ！」

マリさんが毎日楽しそうにゲーム仲間とチャットをしたり、音楽ゲームに興じているのは知っていた。元々、同じゲームを遊んでいたこともあり、アカウントをたどるのも難しくなかったそうだ。

「……別に、『直接会う』つもりはなかったわ。でも、マリがオフ会に行くっていうから心配になったの。この子は他のユーザーからも人気があったから……でもそれはもし、なにかあったら面倒だし、行くのを止めなかった私の責任になると嫌だからよ」

それまで、あんなにも冷ややかだったはずの絵梨衣さんが、必死に悪意を言葉にする
——いや、これは本当に悪意なのだろうか？

「本当よ。傷つけようと思ったわ……毎日この人が憎くて仕方なかったから」

一生懸命に毒の言葉を吐き出して、絵梨衣さんが自分の夫を見た。その瞳の中に揺れる、憎悪の炎に嘘はないと思った——だけど。

「……だけど嫌いになんてなれなかったんですね？」

「…………」

また、絵梨衣さんが黙った。でも、彼女はもう、否定の言葉は口にしなかった。

「考えてたんですよ……マリさんを騙すことで、いったい誰にどんなメリットがあるのか。でも貴方の告白を聞いてほっとしました。気持ちよく謎が解けました。プリンターのことも、あなたは普段マリさんが手で点字を打つのを知っていたから、バレることを恐れずに、自宅のプリンターを使用したんですね」

マリさんが、どう触れたら怖くないか、どうすれば歩く時わかりやすいか、絵梨衣さんはちゃんと事前に知っていた。

手紙をやりとりする前から、点字も少しは読めたのだと言う。毎日買い物ついでに、絵梨衣さんが手紙の投函をする――というのが日課だったらしいが、実際はポストに投函せず、彼女が保管していたのだそうだ。

「そんな……じゃあ……本当に……」

絵梨衣さんが、秀真さんだったんですか、と、マリさんはほとんど声に出さず、かすれた息のように、悲しみを吐き出す。

そんなマリさんを見る絵梨衣さんの表情は、悲しみ以外のなにものでもなかった。

「貴方を傷つけたかったの。夫に復讐する代わりに……でも、気がついたら毎日楽しいことばっかりだった――だから思ったの。嫌いな人に振り回されるより、楽しいことを考えて、楽しく暮らす方がずっといいって」

ミイラ取りがミイラになるとは、このことだろうか？

見え見えの嘘を理由に、帰ってこない夫に心をすり減らすのはやめ、絵梨衣さんは仕事を探し、夫から離れて暮らす準備を着々と整えた。

その裏で秀真として、マリと楽しい毎日を過ごす、充実した半年間。

「だからこそ、マリの気持ちが『秀真』に傾いてるって気がついたら、もうこれ以上、騙しちゃいけないって思ったの」

「だからってなんであんな別れ方を？」

「あなたが私を嫌いにならなきゃ、あなたはずっと苦しむじゃない。だから裏切られたんだって、騙されたんだって思ってほしかったのよ。彼はあなたの純真さにつけこんだ、最低の人間だって思ってほしかった――いいえ、違うわ」

そう言いかけて、絵梨衣さんは俯いた。

「私自身が、貴方に別れを言う勇気がもてなかったの。そっと姿を隠せば、またいつか、友達に戻れるかもしれないとか、都合のいいことを考えて――」

その続きは、言葉ではなく、頬を流れる一筋の涙に変わる。マリさんはそのことに気がついて、けれど絵梨衣さんに慰めるように触れていいか、それを戸惑っていた。

「ああ、もう！　そろそろ終わりにしてください。感情的なシーンって苦手です！」

そんな感動的なシチュエーションを、一気にホームズがぶち壊す。でも彼女は本当につまらなさそうに、居心地悪そうにしていた。

「ホームズ……」

「だって、なんの意味があるんですか？　もうお義姉さんが秀真さんだってわかったんだから、なんの問題もないじゃないです？　時間の無駄です！」

「え？」

「そうでしょ？　結婚はできなくても、お二人は義理の姉妹だし、もう家族なんじゃないですか。苗字だっておんなじなんですよ！」

だからそんな面倒くさい言い訳や、あれこれなんて意味がないと、心底嫌そうに吐き出すホームズを、絵梨衣さんとマリさんはポカンと見て——そして、どちらともなく「ぷっ」と吹き出した。

「それもそうですね……私たち、もうすでに家族だったんですね」

「でも私……貴女に嘘をつい——」

「いいんです。ホームズさんの言うとおり、そんなことどうだっていいです。秀真が——貴方が無事なら、元気で帰ってきてくれたなら、私、それで充分です」

絵梨衣さんの謝罪を手のひらで遮って、マリさんが微笑んだ。

「でも……残念だけど、これからはもう、家族ではいられないわ」

そう言って絵梨衣さんは、開き直ったようにふてぶてしい表情で、二人を見ていた南島兄に向き直る。

「マリのことが心配で二の足を踏んでたけど、お陰で興信所でしっかりと調べてもらう時間もあったから。貴方とお相手には、これからきっちり償ってもらうわね。ここから先は、全部こちらの弁護士さんを通して連絡して頂戴」

絵梨衣さんは鞄の中から、さっと1枚の名刺を取りだした。そして呆然とする夫だった男に突きつけるように、ぱあん、と小気味よくテーブルに名刺をたたきつけ、義理の妹で――婚約者でもあった、マリさんに振り返った。

「だからマリ。これからは、奥さんじゃなくて、義妹じゃなくて……親友として一緒に暮らそう」

そう言って、絵梨衣さんの差し出した手を、マリさんがそっと掴む。

絵梨衣さんはそれを強く握り直し、二人は手を取り合って部屋を出て行った。

残されたのは、花嫁と妹を失った、一人の哀れな男だ。

早々にティーセットを片付けに来たハドソン婦人が、トレイに湯飲みを置きながら、テーブルに置かれた名刺を一瞥して――「貴方が有責なのは確実ですし、離婚問題に詳しい弁護士さんを紹介しましょうか?」と、涼しい顔で彼に追い打ちをかける。

「虎児を得るには危険があり、女性から幻影を奪おうとするにも、同じ危険があるっていいますが……」

ホームズがそう言って、呆然としている男を見た。

神様がさらっていったはずの幻影は、温かい肉を得て戻ってきたが、不実な男はどうやらすべてを失ってしまったようだった。

7

「結局、今回の仕事も、超常現象とは関係なかったですね」

「残念でした」と夕食を終えたホームズが言った。

でも残念と言いながら、彼女はなんだか妙にホッとしたような表情だ。まるで、神隠し事件なんてなかった方がいいように思える――まあ、ない方がいいのは確かだが。

「……なんですか？」

「いや、今回は本当に君の言うとおりだな、と」

「だからたいていの原因は、人為的なものだって言ったじゃないですか。人間をさらうのは人間ですよ――Voilà tout!《これがすべて》です」

「じゃあ、実はもう1件、結婚式の最中に妻がいなくなったっていう調査依頼が――」

「人探しはもうこりごりですよ！」

心底嫌そうな顔をすると、ホームズはさっさと自分の部屋に引き上げてしまった。とはいえ、気の乗らない依頼を、最後まで解決してくれたのは彼女なのだから、今夜はゆっくり休んでもらおう。

僕はといえば、最近すっかり日課になっている、ネット小説の更新作業をしていた。

『血色の研究』――今回の事件を小説にするとしたらなんだろう？　花婿神隠し事件、とでもすればいいだろうか……。

「まだお休みにならないんですか、ご主人様？」

ぽちぽちリビングでキーボードを叩いていると、ハドソン婦人が声を掛けてきた。

スーツでもなく、メイド服でもなく、シンプルなノースリーブの白いワンピースに、灰色のフリースを羽織ったラフな姿だ。どうやらシャワーの後らしい、華やかな石けんの香りがする。

「ちょうどいい。珈琲を入れてくれないか、ハドソン君」

「どうぞ」

嫌味なメイドがそう言ったので、顔を上げずにそう返すと、彼女はマグカップとインスタントコーヒーを、ずい、と僕の顔の前に差し出した。

「…………」

調子に乗ってごめんなさい……。

「あ、私にも一杯ちょうだい」

仕方ないので、せめてもう少し美味しいのにしようと、ドリップバッグのコーヒーを淹れていると、メイド様からそんな声が届いた。

正直、もう一杯淹れるのは面倒だった。彼女も今日はほぼ仕事も終わりだというので、一杯の珈琲を二つに分け、カップの3分の1ほどコーヒーリキュールを注ぐ。

上にスプレーホイップを絞り、シナモンとチリを散らして、彼女に供する。ティファナ・コーヒーだ。

チリを振るのは僕のオリジナル……というより、辛口な彼女に似合いそうだったというだけだ。案の定、彼女はとてもおいしそうに、それを啜った。

「あの子……大丈夫だった？」

彼女もこのまま、リビングで残った仕事を片付けるらしい。僕もパソコンに向かっていると、不意にハドソン婦人が、呟くように僕に問うた。

「……ホームズが？」

「ええ」

「いつも通り変……あ、いや、前回よりも乗り気じゃなかったかな」

「そう……」

ハドソン婦人が物憂げにティファナ・コーヒーを飲み、唇に付いたクリームを指でこすって、嘗める。なにか考えごとをしているような、そんな雰囲気の無防備さだ。

「……神隠しに遭っているの」

「え？」

「あの子が、9歳の時よ」

「ああ、つまりホームズ——夏菜ちゃんが？」

「ええ。小学校の学校帰りに、急にいなくなったの」

「………………」

ハドソン婦人は自分の仕事を終えたのか、それともそういう気分ではなくなったのか、ソファの上で膝を抱えるようにして座っていたので、僕も無言でノートパソコンを閉じる。

「誘拐ではなくて？」

「それがわからないのよ。家の近くの曲がり角を、曲がるところまで見た人はいたわ。でもその先、家まで数十メートルの距離で、あの子は消えたの。両親はやっきになって探したけれど見つからず、事故の痕跡も身代金の要求もなかった」

「………………」

「でも1週間後、あの子はひょっこりと戻ってきた。いなくなっていた1週間の記憶もなければ、性格もまるで別人のようになってね」

「別人……その、怪我などは？　病院でひと通り検査はしたんだよね？」

「ええ、全部。大丈夫よ。怪我も病気も、健康状態はむしろ良いくらい。暴行を受けた痕跡もない――だからみんな言ったわ。あの子は、神隠しに遭ったんだって」

そこまで言うと、彼女は1本のUSBメモリを僕に差し出してきた。

言われるままパソコンに挿して中を開くと、1本の動画が保存されていた。

「………………」

クリックして再生すると、どうやら子供向けクイズ大会の映像のようだ。

「天才キッズクイズ大会ですって。あの真ん中の子が夏菜よ。神隠しに遭う、ちょうど半年前に開催したみたい」

幼稚園か小学校低学年くらいの、まだぽよぽよした子供たち数人が、母親に付き添われてクイズ席に並ぶ中、付き添いもなしにすました顔で席に着いた、一人の少女がいた。

襟元をリボンで結んだえんじ色のベルベットワンピース、さらさらの黒髪、挑むようなまなざし――大人びた表情で、少女は淡々とクイズに答えていた。

「……今みたいに、笑わないいんだね」

「カウンセラーの話だと、笑顔は防衛反応じゃないかって。身を守るために、あの子は無邪気に笑うようになったの。相手を警戒させたり、不快にさせないために……」

河邊氏の姿の向こうに透けて見える、あの天真爛漫なホームズの姿は、その9歳の少女からはみじんも感じられなかった。

笑わない口元、まるでこちらを挑発し、見下すように細められるまなざし――むしろ今のホームズより、こちらの方がずっと大人っぽいようにも思える。

「こう言ってはなんだが……一緒にいるのが、今のホームズで良かったよ」

思わず本音が漏れてしまうと、ハドソン婦人が苦笑いした。

「でもね……その『神隠し』がきっかけで、あの子の家族は壊れたの。両親はマスコミにさんざん犯人と疑われたり、責められていたわ。特に彼女の母親は、とても傷ついて、娘が戻ってきても立ち直れなかった……」

そうして、彼女の両親がどうなったか、そこまではハドソン婦人は話してくれなかったが、確かに僕も聞きたくなかった。

漏れ聞こえる限り、ホームズはそれなりに長い時間、河邊氏と交流があるらしいし、ハドソン婦人もなんだかんだで二人は時々姉妹のようで、ホームズは彼女によく懐いている。

それが1年やそこらで培われたようには思えない。

ホームズはいつ、どうして、両親を失ったのか。

九歳で神隠しに遭い、結果家族は壊れ――その続きを考えるのは怖い。

「だけど一番可哀想なのはあの子よ。あの子自身も、なにがあったのか知りたいの。だからあの子は犯罪に、そしてオカルトに興味を持ったの。自分を1週間さらったものが、自分になにをしたのか知るために」

——だからたいていの原因は、人為的なものだって言ったじゃないですか。

その時、ホームズの言葉が頭をよぎった。

もしかしたら彼女は、なんらかの答えを導き出しているのかもしれないし、なにかを思い出しているのかもしれない。

でもそれを、彼女がハドソン婦人にすら、話していないということは——。

「……そういうのは早く言ってほしかったよ。それなら、こんな事件に関わらせなかった」

ハドソン婦人の話を聞いているうちに、急に怒りがこみ上げてきた。

「……依頼を受けるかどうかは、あの子が決めることだわ」

つい語気を強めた僕に、努めて静かにハドソン婦人が返す。

「彼女が傷つくかもしれないとわかっていて、彼女にそれを選ばせるのは酷だ。大人の僕らが、ある程度配慮すべきだよ」

「あの子は貴方が思うほど幼くはないの。子供扱いしないであげて」

「まだ16歳だ、子供だよ」

「もう16歳よ。遺言の作成だってできる歳だわ」

ハドソン婦人は、けっして声を荒らげなかった。その代わり彼女は、僕に希《こいねが》うような、悲しげなまなざしを向けてきた。

その目を見て、僕はそれ以上のことを言えなくなった。

「……でもまあ、かといって一人の女性として扱われるのも、いろいろと問題はあるのよね」

そこまで言うと、彼女は急に自分の髪をくしゃっとかき混ぜ、短く息を吐いた。

「え？」

「貴方が紳士で良かったってこと。これからもどうぞ宜しく、ワトソン先生」

そう言うと、ハドソン婦人は僕の肩をぽん、と叩いて、自分の部屋に消えた。

彼女が残していったマグカップに残った、その淡い唇の痕を見て、僕はさりげなく彼女に試されていたことに気づいたのだった。

File 3 宮田議員の醜聞

1

昼食そっちのけで、本日3個目のゆで卵を食べるホームズを見て、家政婦の田中《たなか》さんが、本当に嫌そうな表情で、「卵は1日1個にした方が……」と言った。

嫌そうにというよりは、困惑しているのだろう。確かに僕も最初は面食らった。

彼女は毎日、卵を5個は食べる。シルベスター・スタローンもかくやだ。

普段ホームズの身の回りのことや、家事のいっさいがっさいを引き受けているハドソン婦人が家を空ける際、代わりに家事を受け持ってくれるという田中さんは、元々河邊さんの知り合いが頼んでいる家政婦派遣会社の社員だ。

年齢は50代前半。小柄な体型でとても機敏に動く姿を前にすると、ぴんと背筋が伸びてしまって、ハドソン婦人とはまた違う緊張感がある。

そんな彼女は、菜食主義だった河邊氏の、その卵の食べっぷりに困惑していた。

河邊氏が事故の後、記憶喪失になったと、ハドソン婦人がそれっぽい説明はしたらしいが、あまりの変貌ぶりはなかなか受け入れがたいようだ。

まるで別人だという田中さんに、僕は何度も心の中で「別人ですから」と呟いていた。とはいえ、数日間休暇を取って家を離れるハドソン婦人を、心配させるわけにはいかない。

僕は身の回りのことならひと通りできるから、二人だけで大丈夫だと言ったのだが、彼女は頑なに首を縦に振らなかった。

もしかしたら、多少は警戒されているのかもしれない。一応、ホームズはまだ少女だ。僕とホームズが、間違いなど犯すわけがないのだが、彼女の意図がまったく理解できないわけでもないので、数日間は、田中さんにお任せするしかない。

とはいえ、そんな田中さんのことが、ホームズは苦手なようだ。

「卵は1日1個、昔はそんなふうに言われていたそうですけど、今は2～3個が望ましいとする説や、何個でもかまわないと言う学者もいます。アレルギーや持病、既往症がなければ、むしろ積極的に摂取するべきです」

ホームズの健康を考えて、我慢できずに提言した……というのが、ありありと見える田中さんに、ホームズは滔々と答えた、口の端《は》に笑顔を貼り付けて。

「ですが……」

「一般的に言われているコレステロールとの関係ですが、それはすでに毎日10個食べたとしても、血中コレステロールの値にほぼ変化が見られなかったという研究結果も出ています。なので問題になるのはカロリーの方ですが、このMサイズ1個で約77 kcalです。私は毎日5個前後の卵を食べますが、その分夜間は食べる量を抑えているので、摂取カロリー自体は問題ないです――まだなにかありますか？」

鼻息も荒く、ホームズが卵へのその頑なな忠誠を示すように、田中さんにまくし立てる。

田中さんが細い眉をハの時にした。

「でもそんな1日何個も……ヘビじゃあるまいに」

「むしろヘビは、週1〜2度の食餌《しょくじ》ですから、断然私の方が食べてます。ヘビが週1・5個食べると仮定して、年間78個。私は365×5なので、年1825個の卵を食べるのですから23倍以上ですね。ちなみに鶏は1羽で平均年間280個の卵を産むと言われているので、私は一人で年間6〜7羽の鶏の卵を独占している計算になります――こう考えると罪深いですね」

ホームズが嫌いなのは、自分の思考や行動の邪魔をされることだ。足を掴まれると、途端に機嫌を悪くする。

今回もそうなのだろうか、急に不機嫌さを眉間に刻みながら、彼女は早口に一気にまくし立てた。

その怒濤の勢いに、田中さんもすっかりあきれたように、やれやれと肩を落として、キッチンに消えてしまった。

「ホームズ……田中さんは純粋に、君の健康を心配して言っているんだと思うよ？」

「でも、子供の頃、卵をたくさん食べるように言われたんです。そっちの方が、脳にいいからって。私は体の中で、なにより脳に重きを置いて生きているので、そちらへの栄養は欠かしたくないです。私自身が必要だと感じているんですから、他人に口を出されるのは不快です」

きっぱりと言って、ホームズが僕を睨んだ。断固受け入れないという冷ややかな視線に晒された僕は、昼食の塩焼きそばを危うく喉に詰まらせそうになった。

「でも……なにごともバランスが必要だよ——対人関係もね。君は時々、会話を議論と勘違いしている嫌いがある。会話はコミュニケーションだ。戦争じゃない」

「私には同じようなものです。私の時間を搾取し、権利を侵害するんですから」

「だけど相手を論破した形で、会話を終わらせるのはやめた方がいい。それ以上話が続かなくなるし、相手は君を嫌いになる」

「私は嫌われたってかまわないですよ。むしろ好きじゃない人との会話なんて、楽しくありませんから」

もういい加減にして、というように、彼女はテーブルにやや乱暴にマグカップを置いた。ホーローのマグは頑丈そうに見えて、意外に衝撃に弱い。

割れて怪我をしないように、僕はさっと彼女のマグを、彼女の手から少し遠ざけた。けれど彼女は、更にむっとしたように眉間のしわを深くする。

「嫌いなことに人生を浪費したくないです」

「でも……どんな相手からだって、学ぶことはある」

「そう言って、私を論破するつもりですか？」

子供扱いしないで下さいと、彼女はすねたように僕を上目遣いに睨んだ。実際、子供なのだから仕方がない。河邊氏の体であるからこそ、その幼い言動が際立ってしまって、僕はいつも、腹の奥がむずむずする。

「だいたい、この体で誰と話をしろって言うんですか。なにか言うと、河邊さんのことを考えろって怒られてばかりなのに。卵くらい自由に食べさせろって言うんですよ」

吐き捨てるようなホームズの言葉に、僕は返答に詰まった。

確かに彼女の言うことにも一理あったからだ。外ではどうしても人目が気になって、彼女の気持ちを蔑ろにしてしまう。

かといってそれと卵の量については、関係ないように思えるが——でもまあ、これがストレス・コントロールなら、確かに害よりメリットの方が多いのかもしれない。

「……一番好きな卵料理は？　僕は茶碗蒸しなんだけど」

僕は短く息を吐くと、半ば諦めたように、彼女に問うた。

「茶碗蒸しはいいですね！　私も食べると幸せな気持ちになります」

僕の質問に、彼女がぱっと嬉しそうに笑う。笑顔を見る限り、自分は切り捨てられていないことにホッとした。

彼女はなにもかもがはっきりだ、好きも、嫌いも。好意に対しては彼女は本当に無邪気で、時々その距離感の近さに戸惑うものの、やはり嫌われるよりは好まれる方がずっといい。

その時、田中さんが少し不機嫌そうに、それでも冷たい麦茶を持って戻ってきてくれた。

「田中さんの好きな卵料理はなんですか？　得意な料理でも」

彼女はそんな唐突な僕の質問に、一瞬驚いたようにこっちを見て、顔を顰めた。『また卵か』という目で。

「いえ、夕べの洋食も美味しかったですが、朝食のお味噌汁がとても美味しいので、和食がお得意なのかな、と。だから茶碗蒸しなんて、さぞ美味かろうと思いまして」

慌ててそう言い訳すると、田中さんの険しい表情が少し緩む。

「ああ……確かに茶碗蒸しはみなさん喜んで下さいますよ。丁寧に取った多めのお出汁で、ふるふるに軟らかく仕上げるんです。だから具も少なめが好きなのですが、今の時季は贅沢に旬のウニを入れても美味しいですね」

ウニと卵の相性はとても良いと、田中さんが言った。贅沢な食べ方だが、それはさぞ美味しかろう。

「丁寧に取った多めのお出汁で、ふるふるの茶碗蒸し……」

けれどホームズは、ウニよりやっぱり卵のようだ。瞳をキラキラさせて田中さんを見た。

田中さんはまた顔を顰めたものの、そんなホームズに結局ほだされ、苦笑いした。

「……作ってもいいですが、もう少しいろいろなものも食べていただきたいです。私、こう見えて料理上手を自負しているんですよ」

「食べます！」

その提案を、ホームズは笑顔で快諾したので、田中さんは気をよくしたように、夕べのローストビーフの残りで、コールドビーフのサラダを追加で用意してくれた。

なんだかんだで塩焼きそばも綺麗に食べた。キクラゲだけは、皿の隅に残されていたが。

「人っていうのはさ、違いを探すより、共通点を探した方がいいよ。同じ部分を見つけると、人は嬉しいものだから。絶対に相容れない人と仲良くしろって言ってるわけじゃないけど、親しくなれるかもしれない人まで、切り捨てるのは財産を棄てるのと同じだよ」

愛される部分をたくさん持つ君が、理解されないことが僕は残念でならないのだ。

「……でも私、卵はやめませんからね」

けれどホームズは、僕の忠告にすねたように唇を尖らせた。

「それに、それでも私は私の意思で、会う人と合う人を決めます。だって全部私の人生ですから、これ以上、他人に振り回されて生きるなんてまっぴらです」

強い反発が返ってきて、僕は一瞬戸惑ったけれど、『他人に振り回される』という言葉に、彼女のその小さないらだちの意味が見えた気がした。

ああそうだ……彼女はもう、毎日嫌と言うほど、他人の人生を送る日々に、窒息しかかっている。

「――それにしても、彼女はあんまり毎日働いているので、ちょっと心配だったんだよ」

「ハドソン婦人ですか？　年に数回、まとめて休みを取られますけれど、確かに普段あまり休んでるのは見ませんね」

これ以上、彼女を責めるのは酷だ。僕は努めて話題を変えた。それに気づいたのか、ホームズもその表情を明るくする。

「でも、動いてないと死んじゃうって言ってました。のんびりするのは苦手みたいです」

「意外だね」

「そうですか？」

「彼女は余暇の使い方も上手そうだと思って――休日はＤＩＹとか、ヨガをやったり、ジャムとか煮てそう」

なんとなく『イイオンナ』のイメージというか。

「ＤＩＹ……でもそもそも、ハドソン婦人、確か電気工事士とか危険物取扱とか、車両系建設機械の資格も持ってるはずですよ？　この前そのビルドインタイプの食器洗い機、自分で交換してましたし。あと、栄養士さんの資格とかも持ってるはずです」

「…………」

日曜大工……じゃなくて、そりゃガチ工事じゃないですか……。

「じゃ、じゃあ今は、いい休日を過ごしているといいけどね」

「あ、でも多分、今回はお墓参りだと思います」

田中さんの淹れてくれた、食後の珈琲を飲もうとした僕の手が、止まった。

「私も詳しくは知らないんですけど、確か、お兄さんのだと思います」

「ああ、そうか……」

彼女は余り私生活が見えない人だし、多分僕には見せないだろうが——彼女もやはり、そういった孤独感というか、喪失感を抱えて生きているのかと、なんとなく納得した。

上手く言えないが——ここに住む住人には皆、『独り』の匂いがする。

でもそれ以上の追求は、たとえホームズが知っていたとしても、ハドソン婦人本人の許可が必要だと思った。勝手に掘り下げるのはフェアじゃない。

だから結局、僕は珈琲に専念するフリをして、会話を打ち切った。

僕は比較的『会話』が好きな人間だけれど、ホームズは『動』と『静』がはっきりしている。そして今は多分、本当は『静』の時間だ。

食事の終わった雰囲気を察して、なぜだか飼い主ではなく、僕の膝に乗りたいと要求してきたパグ犬を抱き上げ、その気持ち良い短毛を手のひらで味わっていると、不意にインターフォンが鳴った。

食後の雰囲気の邪魔をしないようにと、田中さんが代わりに応対に出てくれたが、程なくして彼女は困り顔で戻ってきた。

「あの、お客様がいらっしゃっているのですが……」

「お客ですか？ 今日は特に約束はないと思いますが」

「でも……宮田《みやた》道議がいらっしゃっていまして……」

「宮田道議？」

思わず復唱すると、ホームズが「ああ」と声を上げた。

宮田歩《あゆむ》氏は、河邊氏の年の離れた友人で、来年知事選に立候補予定の道議員だという。もともと田中さんを河邊氏に紹介したのも、宮田氏の頼んでいる家政婦さんつながりだというし、田中さんもある程度は面識があるそうだ。

少なくとも、河邊氏と親しいなら、挨拶もせずに追い返すわけにはいかないだろう。とはいえ、ハドソン婦人のいない日に、河邊氏の知人を迎えるのはなかなか心配だった。

とにかく、なにか理由を付けて、ボロが出てしまう前に早めにお暇いただこう――そう心に決め、ひとまず僕が対応することにした。

「約束もなく、食事時に突然訪ねて、大変申し訳ない。君は？」

現れた僕にそう丁寧に言ったのは、恰幅のいい、スーツ姿の男性だった。髪には随分白いものが目立っているが、年齢は50代前半といったところだろうか。

丁寧ながらも、その言動には有無を言わせぬ、ある種の尊大さというか、圧迫感があった。僕の苦手な空気だ。

「社員の一人です。今日は河邊さんは体調がすぐれず、秘書の鳩邑《はとむら》さんも不在ですので、日を改めていただけますと――」

「心配しなくていい。河邊君のことは私も知っている。例の……その入れ替わりのことも」

「え?」

「彼の父親、先代社長にはずいぶんお世話になった。彼とは昔から親交があるんだよ。歳は私の方が随分上だが、親友の一人だ。だから彼の事情は聞かされている。新しく立ち上げた怪しい研究所のこともね」

「だったら――」

「だからこそ、彼に相談に乗ってもらいたいことがあったんだ」

僕の反論など意に介さず、宮田氏が言った。だけど相談内容も確認せずに、「はい、わかりました」とホームズに会わせるわけには……。

「女性の問題なら、私に言われても、なにもできませんよ」

その時、僕らの押し問答するエントランスに、ホームズの声が反響した。

「……まだなにも話していないはずだが？」

「来年の知事選に立候補を控えた方が、お互いの秘書がいない時に、アポイントも取らず、しわの寄ったスーツでいらしたのですから、女性問題と推測するのは簡単じゃありませんか？」

少し迷惑そうに、ホームズがエントランスに繋がる、白いらせん階段の上から言った。

でも言われてみると確かにそうだ。アポも取らずに、まるで人目を避けるように一人で訪ねてきて、そして確かにスーツにしわが寄っていた。かすかに漂う体臭から、どうやら自宅に帰らずに夜を明かしたような、そんな雰囲気があった。

「スーツの方は、単純に仕事のせいで帰れなかっただけだよ……だが、確かに当たらずとも遠からずだ。とはいえ相手はただの女性じゃない」

宮田氏が、慌てて言い訳するように告げる。

「失礼ですが、そういうことは、もっと解決に適した方がいるように思いますが？」

女性問題なら、僕らでなにかできるとは到底思えない。だのに彼は大きくかぶりを振った。

「いいや、言っただろう？　特殊だと。それに他の人間は信用できない」

「逆に伺いたいのですが、どうして僕らが適任で、信用できると？」

「彼女に会えばわかる。それに——君たちも表沙汰になると困る状況じゃないかな？」

宮田氏が表情を変えず、静かに言った。いや、冷ややかに。

「それは……私たちを脅迫してるんですか？」

「いいや。ただ困った時はお互い助け合おうと言っているだけだ」

「………」

とはいえ、その助け合いを強要するのは、『脅迫』以外のなにものでもないと思うし、目の前の男への不快感は拭えなかった。とはいえこの不快感は、父を前にした時のざらざら感に似ている。

父に似た雰囲気の男に対し、自分が子供のように反発している気がして、それはそれで悔しいというか不本意だ。

「そう仰るなら、お力添えするのも吝《やぶさ》かではありませんが……とはいえ、私たちは私立探偵や、法律家ではありません。僕らがやっているのは、あくまで超常的な科学の探求です。困っているなら、もっと法的手段に訴えるとか、貴方に適したやり方があるのでは？」

だから努めて冷静に答えた。話の途中でホームズを見上げたが、彼女もこくんと頷いた。

「実は……ある人物と特殊な関係にあったんだが、それが明るみに出ると都合が悪い」

「その人を説得してほしいということですか？」

「いや、彼女との関係はもう終わっているんだ。だから彼女と二人で写した写真を破棄してもらいたいんだが……彼女はそれに応じてくれないんだ。だからどうか、代わりに説得してくれないだろうか」

「だからそういうことは――」

「その女性は、おそらく君たちの方がわかり合えるんじゃないかと思うんだよ……彼女は非常に特殊な才能を持っているんだ」

「特殊な才能？」

それを聞いて、ホームズがずい、と階段の手すりから体を突き出す。宮田氏が頷くと、俄然興味を示したように、タンタン、タタンッと小気味よい足音を立て、階段を駆け下りてきた。

「つまり、超常現象的な、能力ってことですか⁉」

はあはあと、息を弾ませ、さっき瞳を輝かせたホームズが問う。宮田氏が満足げに目を細めて笑った。

「ああ。もしかしたら、彼女の能力が、君たちのことも救うかもしれない」

2

宮田氏と『親密』だった『特殊な才能を持つ女性』は、いわゆる、ナイトビジネスに従事した女性だった。

「ススキノで働いているんだ――その、いわゆる、『ショー』で踊るダンサーだ」

女性のステージ名は『アイリーン』。

宮田氏の話によると、ポールダンスを踊っているらしい。

もっとも、彼女はあくまでダンサーであって、いかがわしいことなど一切していない……ということだったが、その夜、指定された店の入り口をくぐった僕は、すぐにホームズを連れてきたことを後悔した。

店内に通されて、ショーの始まりを待つ間、ホームズは見知らぬ空間に、不安よりもいささか興奮を覚えていたようだ。わくわくとした目で、ネオンサインが輝く店内を見回している。

店名は『Rosalind』。

壁に『love is merely a madness』と書いてあるから、おそらくシェイクスピアの『お気に召すまま』から取ったのだろう。

でも、気になるのはそういうところじゃなかった。

「やっぱり……僕だけで来るべきだったんじゃないかな」

「でも……ワトソン一人で説得できますか？」

いや、確かに自信はない。自信はないけれど、目の前に広がるどぎつい空間を、未成年で純真なところのあるホームズに見せて良いものか。

アジアのゴーゴーバーや、ケニアのディスコのような、そういう泥臭さはない。けれどその店のステージで始まったのは、いわゆる『ドラァグクイーン』、つまり、女装家のショーだった。

ホームズも、その生まれて初めての刺激に身を乗り出していたものの、ショーが進み、どぎついほど風刺的で、時に猥雑にデコライズされたショーの毒気に当てられたように、目を白黒させていた。

客は女性が多いように見えたが、どちらなのかわからない人もいる。むしろどちらかの性にこだわることは、無粋な気がする。

だから不安からか、いつもよりホームズと僕の距離は近かったが、おそらく僕が気にするほどに、気にしている人はいないだろうと思う。河邊氏には少々申し訳ないが。

でも、やっぱりホームズを連れてくるんじゃなかった。あの宮田という男に対する不満がまた少し色濃くなった。そんな時だった。

一瞬にして、店内が真っ暗になった。

ただ、低いベース音だけが、しんと静まった店内に響く。

少しずつ大きくなっていく重低音。

脈打つ心臓のように、ド、ド、ドと体の奥に響く、ＤＮＡを揺り動かすリズム。

それは情熱であり、同時に抑圧だった。

そしてその押さえつけられたものが最高潮になった瞬間、弾けるように暗闇の中から、『彼女』が現れた。

光と影。陰影。

1本のポールを使って、肉体で描く芸術。

しなるバネのような、筋肉の躍動。

手足や頭に飾った、ハチドリのような鮮やかな羽を揺らして踊る『アイリーン』。

一瞬にして、世界の空気が変わった。

彼女は重力を支配する女神だ――いや、神か。宮田氏からは『彼女』と言われてきたが、肉体の性別を言うなら、彼女は男性だろう。でも、彼女の前で性の話など意味はない。

美しさとグロテスクさは紙一重。綺麗は汚い、汚いは綺麗――彼女は、すべての境界。

そしてそこには、ただ、ただ、圧倒的な生命力があった。

人間という肉体の限界を探るような、そんな神聖さすら感じさせる。

天と地がひっくり返ったように、自分の筋肉で体を支え、踊る、見事なポールダンスに、ホームズはぐっと身を乗り出して、そのショーに心を震わせていた。

あっという間だった。彼女がトリをつとめ、プログラムが終了した。

喧噪を取り戻した店内で、すっかり氷が溶けて薄まった、ピンク色のノンアルコールカクテルのグラスを、両手で包むようにして持ちながら、ホームズは上気させた頬で嬉しそうに笑った。

「なんだか……目がちかちかします」

「それは良い意味？　悪い意味？」

「もちろんいい意味です。夢の中にいたみたい」

肉体はどうであれ、少女をナイトスポットに連れ回しているのだから、モラルの面で言えば正しいとは言えないような。

とはいえ彼女がこんなふうに感動を覚え、喜んでいるのだから、連れてきて良かったような気もする——いや、でも、やっぱりダメだ。この子は未成年だ。

感動も覚めやらぬといった調子のホームズの背中を押して、アイリーンに面会を申し出たが、ユニオンジャック柄のビキニを着た、赤毛のドラァグクイーンが、僕らを見て露骨に嫌な顔をした。

「アイリーンはファンとは交流しない主義なのよ」

けんもほろろといった調子で、追い返されかけたので、慌てて宮田氏から預かった名刺を突き出した。

「ファンではなく、友人の代理で伺いました」

「………」

　それを見て、ユニオンジャックの門番は、更に表情を険しくする。

「あ、でも、今日ファンになったかもしれないです」

　思わずといった調子で呟いたホームズを背中に追い込み、「どうかお話だけでも」と食い下がっていると、やがて控え室のドアが開いた。

「ネル」

「アイリーン、だめよ」

「いいのよ、通して」

　そう言って門番に声をかけたのは、他でもないアイリーンだった。

「じゃあ、なにかあったらすぐ呼ぶのよ」

　アイリーンに……というよりは、僕たちを牽制するように睨んで言って、ネル嬢が僕らをアイリーンの控え室に通した。

「ようこそ、どうぞ座って」

　そう僕らを招き入れ、黒いソファを薦めるアイリーンは、ウィッグこそ外しているものの、舞台衣装のままだ。部屋は汗と、甘ったるい香水の匂いがする。

　大部分がメッシュになった、玉虫色のボンテージを纏った彼女は、僕とそう身長は変わらないのに、腰の位置がまったく違う。恐ろしく綺麗に伸びた手足と、均整のとれた体つきを前に、世の不条理を知る。

「ウィツィロポチトリですね。アステカ文明がお好きなんですか?」

そんな彼女を、眩しそうに見ていたホームズが、満面の笑みで問うた。

「……なんですって?」

「頭と左足にだけ、きれいな羽がついているから。その名も『ハチドリの左足』という意味の、女神コアトリクエの息子、ウィツィロポチトリみたいだと思って……違いましたか?」

その質問に、ふっと笑うように口の端を横に引き、「いいえ、違わないわ」と答える。

「セクシーでしょ? 狩猟の神よ。メキシコ国旗に描かれた、蛇を咥えた鷲は、サボテンの上で蛇を咥えた鷲のいるところに街を作れって、ウィツィロポチトリの予言からきているの」

私は自分で生きる場所を決めたいから——彼女は笑顔を顔に刻んだまま、僕らにウィスキーを薦めてくれたが、僕は仕事中を理由にそれを丁重に断った。

アイリーンは笑顔のまま、少し目を細めた。多分『面白くないヤツ』と思われたんだろう。彼女は僕から顔を背けると、ホームズを見た。

「悪いけど、写真は渡せないわよ」

一人掛けのソファに深く腰を預け、長い足を組んだアイリーンが、僕が本題に入る前に、きっぱりと言った。

「ええと……失礼は承知で、単刀直入にお伺いします。お金の問題ですか？」

「まさか。そういうのには興味はないの」

フン、とアイリーンが不服そうに、高い鼻を鳴らす。彫が深く、鼻筋の通った端正な顔立ちは、エキゾチックだ。オリーブ色の肌は焼いているのかもしれないが、もしかしたら、両親のどちらかが、南アジアの出身なのかもしれない。

「では……彼に未練が？」

「未練？　私が彼に未練ですって⁉」

あはは、と、さっきよりもあきらかな嘲笑が彼女から漏れた。

「貴方たち、なにか勘違いしてるみたいね……私と宮田がただの男女関係だったら、秘書か誰かにお金で片を付けさせるでしょう？　貴方たちみたいな、人の良さそうな友人に頼むことじゃないわ」

「え？」

呆れたように言うアイリーンに戸惑って、僕とホームズは思わず顔を見合わせた。

確かに彼女との関係が特殊だというのは、宮田氏も言っていた。でも僕らは——それが、アイリーンが女装家であることを示唆しているのだと思っていた。

アイリーンは確かに美しいが、家庭も地位もある宮田氏のパートナーになるには、障壁が高すぎるから。

「じゃあ……だったら、貴方と彼の関係は？」

困惑を隠せないまま、ホームズが問うた。

「ママと、ベイビーよ」

「は？」

ホームズが瞬きをした。

「彼は私の息子なの」

「……え？　子供？　アイリーンさんの？」

「それはその……なにかの比喩ではなく？」

「ええ違うわ。そのままの意味よ。彼は私の息子なの」

ホームズと僕の混乱を、むしろ面白がるように、アイリーンがほくそ笑んだ。

「ええと……」

宮田氏は、アイリーンが特殊な才能を持つ女性と言っていたが、とはいえ、恋人同士ではなく、親子だなんて……。

「ああ！　もちろん産んでないわよ。そもそも彼の方が私より年上だもの」

アイリーンの年齢ははっきりとはわからない。どぎつい舞台メイクのこともあるが、とにかく漂う雰囲気が、神秘的な女性だ。

完全に会話の主導権は彼女に握られている。僕らは彼女の言葉にただただ混乱し、振り回されていた。

「申し訳ありませんが、できればもう少しわかりやすく説明をしていただけると……」

仕方なく、頭を下げて言う僕に、アイリーンはまた声を上げて笑った。

「いいわ。まったく、あの人も少しは説明してあげればいいのに……でも、そんな面白い話でもないし、お友達には話したくなかったのかしらね」

僕らを散々翻弄して楽しんだのか、グラスにウィスキーを注ぐと、彼女は静かに深呼吸を一つした。

「宮田の父親は、あまり家庭的な人じゃなかったの。毎日忙しくしていて、彼の支えは母親だったの。でも彼女はまだ宮田が少年だった頃、病気でこの世を去ったのよ」

面白い話でもない――そう彼女が前置きしたとおり、それは悲しい話だった。

「愛する息子を遺していかなければならない彼女は、その命が潰《つい》えるその前に、彼と約束をしたの。『悲しまなくて大丈夫よ。すぐに生まれ変わって、また貴方の元に帰ってくるわ。だから私を見つけ出してちょうだいね』って。それはただ、彼を勇気づけるためや、悲しませないためだったのかもしれないわ。でも、宮田はそれをまっすぐに信じたの」

少年はやがて大人になった。毎年一つ、一つと年齢を重ねるたびに、母親との約束は、信憑性を欠いていった。でも、それでも彼は、母の言葉を信じたそうだ。

母が言い残したとおり、彼女の約束を追いかけ続けた。

ずっと探し続けたのだ――母が死んだその瞬間に生まれた命を。

「で、そしてそれが私だったってわけ」

アイリーンが大胸筋の発達した、己の胸元を押さえて言った。

「出会って3年間、確かに彼は私の息子で、私は彼の死んだ母親の生まれ変わりだったの」

「じゃあ、写真って言うのは――」

「そりゃあ、誰にも見せられない写真よね。『ママ』に甘えている写真なんて、ふふふ」

いったい写真になにが写っていたのかは知らないが、彼女はさもおかしいというように、喉の奥で笑いを転がした。

でも、宮田氏の気持ちは、わからなくもない。

幸い僕の母は元気にしているが、幼い頃、兄弟もいない僕の唯一の家族も母親だった。『教会の慈善活動』に執心した母に手を引かれ、楽しいことも、面倒なことも、嫌なこともたくさんした。

ネガティブな感情の方が強くても、それでも付き合っていたのは、母だったからだ。

「彼を信じてないわけじゃないけれど、私は彼の周囲を信用してないの。そもそもこんな写真を残すような迂闊な人よ。どこで誰に足を掬われるかわからないでしょ？」

彼にとっても、自分にとっても、写真の中の二人の関係は、自分たち以外に洩らしたくないのだと、彼女は言った。

「仰ることはよくわかりました……じゃあ、せめてその写真は、貴方の方で内々に処分してもらえますか？」

けれどそんな僕の問いかけに、彼女は沈黙で答えた。

「ダメ……なんですか？」

ホームズがその沈黙に、不安そうに質問を重ねる。

アイリーンはふ、と息を吐いた。

「悪いけれど……それも約束できないわ。写真は私のものだもの。私が好きにするわ。なにかの保険にね。言ったでしょ？　彼の周辺は信用できないのよ。自分の身を守るために、あの写真が必要になる時が来るかもしれないから」

「…………」

僕とホームズは再び顔を見合わせた。彼女の言うこともわかるからだ。

「さ、わかったら帰ってちょうだい。今日はまだこれからステージあるの」

そこまで言うと、彼女は僕らをソファから追い立てた。

「待って！　もう一つ訊かせてください。貴方は本当に、彼の母親なんですか？」

部屋を出る前、ホームズがすがるように彼女に問うた。アイリーンが肩をすくめる。

「それは、彼に訊いてみたらいいと思うわ。そうすれば、私があの写真をどうするかわかるでしょう……とにかく、彼と私の関係はもう終わったの。自分のことは、自分たちの中で解決してちょうだい」

もう私を巻き込まないで、と、疲れたように彼女が言って、僕らを部屋から出す。まだ訊きたいことはあったが、赤毛のネル嬢が、それを許してはくれず、結局そのまま僕らは店から追い出された。

振り返って粘ろうにも、ご丁寧にも店の前には、既にタクシーが呼ばれていた。二度と来るな、とまでは言われなかったのが幸いだろうか。

礼を言う暇もなく、タクシーに押し込まれた僕らは、仕方なく帰途に就いた。

家に戻り、リビングに腰を落ち着かせると、服に残った加熱式タバコやアルコールという、普段とは違う匂いを感じる。

ホームズには刺激の強すぎる夜を心配したが、彼女はタクシーの中でもずっと黙って、なにかを思案していた。

こういう時は、声を掛けないに限る。

膝に乗った愛犬を、ソファでぼんやり撫でている彼女に、一応ティーソーダを淹れると、彼女はようやく自分の中に引きこもるのに厭《あ》いたようだった。

「生まれ変わりって……ワトソンは信じますか？」

「生まれ変わり、か」

唐突な質問だったが、僕は答えに困った。

「まあ……世界中のさまざまな宗教でも、生まれ変わりの概念はあるようだし、転生に否定的なはずのキリスト教圏のアメリカでも、近年は特に信じる人は多いね」

とはいえ、だったら人口の増加によって、魂の数は足りなくならないのか？　とか、小さな虫も生まれ変わるのか？　とか、疑問を挙げだしたらきりがない。信じるかと訊かれて、素直に頷くことはできなかった。

「アメリカでしたら、１９５２年、実業家で催眠術師を自称するバーンスタインが、バージニア・タイに退行催眠をかけた件が有名です。記憶を遡るうち、突然自分をアイルランド人のブライディ・マーフィの生まれ変わりだと言って、彼女の人生を語り始めたんです」

「退行催眠か……催眠療法自体、信憑性が怪しいけれどね」

そもそも心理療法というものは、どれもまだエビデンスに乏しい。

「そうですね。仰るとおりこの時も、結局後から彼女の幼少時代に向かいに住んでいた女性が、ブライディ・マーフィというアイルランド人だったとわかりました。タイ自身は忘れていたけれど、彼女から聞いた話を自分のもののように覚えていたんです」

ホームズがティーソーダをごくんと飲んで、小さくため息をついた。

「実際のところ、輪廻転生に纏わる話はたくさんありますが、結局どれも決定打に欠けるんですよ」

「とはいえ、信仰で否定されても、それでも宗派を超えて信じる者は多数いる。国境や人種も超えてね。ないと否定することも、また難しいんじゃないかな」

もしかしたら、誰しも死が終焉ではないと、ただ信じたいだけかもしれないが。

「でも、お医者さんだったワトソンですら、やっぱり転生は否定されないんですね」

「日本やインドは特に、転生について理解の深い国だからね。だから火葬など、遺骸を損壊する形で葬るだろう？　新しい体を得るから、遺体は必要ないんだ。逆にキリスト教など、復活を信じる宗派では、土葬やミイラなんかのように、死後もご遺体を保存する」

個人が信じるか信じないかは別として、日本は風習の中に、生きて、死んで、再び生まれることが、すり込まれているのではないだろうか。

とはいえ、自分はどちらの立場だろう。腕組みをして、今度は僕が思案する番だった。

「……ワトソンは、どうしてお医者さんを辞めたんですか？」

そんな僕を見て、ホームズが不意に問うた。

「僕は……そうだな、結局切り替えが上手じゃないからだと思う。本当は心のどこかで、辞める理由を探していたのかもしれないな」

「じゃあ！　良かったですね、辞められて」

無邪気に言って、ホームズが笑った。

「そんな単純な話じゃないんだけどね」

思わず苦笑いが溢れた。そうだ、そんな単純なことじゃないんだ。

「いいえ、単純な話ですよ」

「でも――」

「自分が嫌いになるくらい嫌なことを、無理にやる必要なんてないんじゃないですか？　動けなくなるようなことに、なんの価値があるでしょう。少なくとも、貴方は貴方の体で生きているんだから、やりたいことをするべきです」

僕の反論をかき消すように、ホームズはきっぱりと言った。だったらこの世の中に、嫌なことをやらず、やりたいことをして生きている人間が、どれだけいるのだろうか。

思わず顔が引きつってしまった。もしかしたら、僕は苛立ちを――いや、怒りを、感じていたのかもしれない――『幼い君に、一体なにがわかる？』

「でも私は、『ワトソン』が貴方で良かったですよ」

けれど、一瞬ヒリつきそうになった空気を引き裂くように、ホームズが僕を見て言った。

「ここで、貴方も自分の好きに生きたらいいと思います。そのために私にできることがあるなら、なんだってお手伝いします。だって貴方は、私の『友達』ですから」

本当にまっすぐな瞳に射貫かれる。

彼女は無防備だ。0か100かしかない。ノーガードか、或いは刃だらけの鎧を纏うか。

まったく、自分のことだってままならないくせに——でもそれは、僕も同じか。

思わず彼女の頬に手が伸びて、そして触れているのが河邊氏で、僕は安堵した。彼女はもっと、不可触であるべきだから。

「……だったら卵、もう少し減らせる？」

ふに、と硬い頬をつねると、ホームズが顔をくしゃっとした。

「ぜーったいヤです」

言うと思った。

彼女はいつだって、マイペースなのだから。

3

翌日、宮田氏がまた約束もなく現れて、そして僕らが写真を手に入れられなかったことに失望し、肩を落とした。

「とはいえ、やはり簡単にはいかないようですよ？」

自分でできないことを、脅迫まがいに押しつけてきて、勝手にガッカリされても困る。

「そもそも、貴方からきちんと話を聞けと言われました。特殊すぎる状況なら、もっと情報共有できていないと、僕らも対処ができません。本当のことを話してくれなければ、彼女との交渉は難しいと思います」

「彼女はなにか話したのか？」

険しい表情の宮田氏に、負けずに顔を顰めて言うと、彼は更に不機嫌そうに顔を歪めた。

「そうですね、貴方のママだということなら」

『武士』とデカデカとロゴの入ったお土産のプリンに手を伸ばし、ホームズがあっさりと暴露した。もうちょっと宮田氏と取引をしたかった僕は、思わず嘆息した。

「まあ……そういうことです。貴方と彼女の関係性については聞きましたが、まだなにかを判断するには、情報が足りません」

写真を取り返してほしいというなら、もう少しきちんと状況について説明してほしい。そう僕が改めて訴えると、彼は苦々しい表情のまま、小さく唸った。

でもまあ、肝心な部分が明るみに出てしまったのだから、黙っていても意味はないばかりか、変な誤解を生むよりは、話すべきと彼も悟ったのだろう。

ちょうど出勤してきた田中さんが淹れてくれたダージリンを手に、彼は静かに口を開いた。

「……私の父も議員でね。私から見ても尊敬できる、立派な人だった。ただ、家庭人ではなかった。そういう時代だったというのもあるが、とにかく家の中のことには無関心でね」

「ご兄弟は？」

「ああ、母親の違う妹と、弟はいるよ。義母との相性が悪いわけでもないんだが、彼女が家に来た頃には、もう母を恋しがるような年齢ではなくてね」

けっして自分は、歳不相応に母親に依存しているわけではないと、弁明するように言った。

「父とも、義母とも、上手くいかなかったわけじゃない……不満なわけじゃないんだ。ただ……僕にとって母は特別な人だったし、僕はまだ彼女を愛し足りなかった。母はあまりに若くして逝ってしまったんだ」

与えられた愛情を、まだひとかけらも返せなかったことが悲しかった。孝行をしたかったのだという彼に、少し胸が痛んだ。

元気がないのは良い便り、なんて言葉に乗じて。家を出て以来、母には連絡の一つもしていない。

「母が私に残した約束のことは、正直もうずっと昔に諦めていたんだ――けれど彼女に、アイリーンに出会って、運命を感じたんだ。不思議なことに、彼女の眼差しや吐息に、確かに母を感じたんだよ――調べてみると、彼女の生まれた日、時刻は母の死んだ時間と同じだった」

宮田氏は驚きながらも、その話をアイリーンに伝えた。

もちろん馬鹿にされると思ったが、更に驚いたことに、彼女も「実は、私も貴方を見ると、いつも不思議な感覚にとらわれるの」と言った。

確かに最初、声を掛けてきたのは彼女の方からだった。

ファンと交流はしない。安易にダンス以外で自分を商品にしないことで、その価値を高めてきたアイリーンが、自分から客に声を掛けることは希だという。

「はじめはアイリーンに母の記憶はなかった。けれど彼女は聡明で優しく、亡き母そのものので……そして母として、私を受け入れてくれたんだ」

なにをしたわけでもない。

彼女に出会って3年間、月に1～2度訪ねては、母がいなくなってからの彼の生い立ちを話したり、ただ二人で食事をしたり、穏やかな時間を過ごしたそうだ。

「あの写真は一度だけ、二人で旅行に行った時のものだ。支笏湖《しこつこ》の、静かな温泉宿にね。母との思い出の場所だったんだが……見ようによっては、悪く受け取る人間もいると思う」

少なくとも、人によっては悪用できる程度に、アイリーンと宮田氏は親密だったそうだ――もちろん、母子として。

「彼女に感謝しているからこそ、今の関係が残念でならない。どうかあの写真を返してほしいんだ……あれが公になれば、私はすべてを失うだろう。少なくとも今、私が籍を置いているのは、狭量な世界なんだ」

「でも何故そんなに、彼女を母親と信じられるんですか？　運命を感じたとか、誕生日だとか、そういった不確かなものだけで、どうしてそんなにも彼女を生まれ変わりと確信できるんでしょうか？」

少なくとも、自分ならそれだけで、アイリーンを『母親』とは信じられない、とホームズは言った。単純に赤の他人を、信じるのが難しくないか？　という意味だった。

「私も失礼ですが、同じ意見です。その、確信を持てた理由を伺いたいです」

「確信などないよ。でも、ただ感じたんだ――それに」

「それに？」

「…………」

ホームズが不思議そうに首をかしげ、宮田氏が一瞬口ごもった。

「……メッセージだ」

「メッセージ、とは？」

「私も半信半疑だった。だがある日彼女が、母にそっくりな字で、突然字を書き出した」

「字を……つまり、自動記述、ですか？」

「ああ、そう言うらしいね。彼女自身も驚いていた。でも手が勝手に動いたそうだ。そして彼女はこう書いたんだ。『よく頑張ったわね。むぅちゃん』と。幼い頃の渾名《あだな》だ。その時確信したんだ。母と同じ美しい文字だったし、その後のやりとりも母そのものだった。息子の私が確信しているのだから、彼女は間違いなく、私の母だ」

「…………」

正直、渾名だけで判断するのは……とは思ったが、母親と同じ筆跡というなら、確かに信憑性も出てくるかもしれない。

「……とはいえ、今、この世に生きているのは母ではなく、彼女だ……残念なことだが」

宮田氏は酷く残念そうに俯いて、そう絞り出すと、手の中のティーカップを見下ろした。

ホームズはまた、難しい顔でなにかを考えているようだ。

とにかく、なんとかもう一度、彼女と交渉してほしい——そう言って宮田氏はシェアハウスを後にした。

「……どう思う？」

再びの沈黙の中、紅茶をず、と啜ったホームズに声を掛けた。

「なんとも言えませんが、自動記述というのはとても気になります」

「それは、やっぱり超常的な事象なのかい？」

「ええ、自動書記、自動記述、自動作用、オートマティスム……日本ではお筆先なんて言いますね。霊や宇宙人の声を受信することで、手が勝手に動いて、絵を描いたり文字を綴ったりするんです」

つまり降霊術のようなものだろうか。

「ええ、そうですね。その一種です。自動書記や自然に体が動く……という事象は数限りないです。ダウジングやウィジャ・ボード――こっくりさんのような降霊術もそう。人はしばしば、霊の力を借りてなにかを描くんです」

けれどこっくりさんといえば、実際には霊の仕業ではなく、誰かが動かしているか、同じ姿勢が原因で、筋肉が疲労し、自らの意思に反して動いてしまうのが原因だと言われている。

「にわかには信じがたいね。生まれ変わりについてもだけれど、その自動記述？　っていうのも、なんだか胡散臭い気がする」

「そうですね……コナン・ドイルの二人目の妻、ジーン・レッキーもその一人ですが……私も彼女が本当に、霊の言葉を書いていたとは思っていません」

「コナン・ドイルの妻が？」

「ええ。ドイルは熱心なオカルティストでしたから」

しばしば、ドイルはオカルトに傾倒していたと、ホームズは口にするが、コナン・ドイル自身も医学等に精通した、どちらかと言えば科学者のイメージがある。正直、あのミステリの神のような作家が……と意外でならない。

「でも君も、信じていないのか」

「ええ。何故ならジーンは彼女やドイルの名声に不都合な——たとえば前妻のルイーズや、アルコール依存症を患った父親からのメッセージは、ぴたっと受け取っていないんです。そもそもジーンはなかなかの悪妻で、前妻とドイルの間の子供たちへの扱いも酷かったんですよ。聡明なドイルが、どうしてあんな女性に傾倒したのか理解できません」

「まあ、恋っていうのはそういうものかもね」

往往にして、理解できないのが色恋というものだ。

「でもとにかく、自動書記というもの自体が、私は懐疑的です。よく似た筆跡……なんて仰いますが、そんなに皆さん、筆跡の鑑定能力に優れているものですかね。一部の特徴さえマネすれば、たいていみんな似てると思うんじゃないでしょうか？　綺麗な字は特に」

そう言って、ホームズが電話横のメモパッドを引き寄せて、『あいうえお』と書いた。

右上がりで、勢いのありすぎるハネ——個性の強い字だ。

「確かに……君の字なら僕でもわかるよ。人にはくせ字ってのがあるからね。こう言ってはなんだけど、君の字はなんと言うか……達筆の反対だから」

「素直にへたって言えばいいじゃないですか……でもアインシュタインを前にして、その台詞を言って下さい。それにこの体は私の体じゃないんですよ。多少思うように動かなくても仕方ないじゃないですか」

とはいえ、丁寧に書けば、ある程度字というのは似通うというのはわかる。

少なくとも綺麗な字には『手本』がある。僕も子供の頃、習字やペン字を習わされた。

「思うんですけど、政治家の奥様なら、礼状などをしたためる機会も多かったでしょう。宮田氏も『母の綺麗な字』と言っていましたしね。字さえ達筆であれば、似ていると感じてもおかしくありません」

「だったらどうして彼女は、そんなことをしてまで宮田氏の母親を演じてたんだろう？」

「さあ……でも彼を陥れたい人はいるんじゃないですか？」

「それに、そもそもいくら早くに母親を亡くしたからって――」

宮田氏の言い分がわからないわけではないが、それでもアイリーンの文字を見て、彼女を母として尊敬し、彼女にその役を求めるなんて……と、思う僕だったが、それを言葉にするのは結局ためらわれてしまった。

「続けてどうぞ？」

「あ、いや……その……」

同じく両親を亡くした少女には、言えない質問だ。僕は口ごもった。そんな僕を見て、ホームズはひょい、と肩をすくめる。

「特別な人なら、亡くなった後も会いたいんじゃないですか？」

その時、田中夫人が昼食の支度が済んだと告げて、僕らは話を中断した。

「うーん。アイリーンはもちろんだけど、やっぱり宮田氏の方も、もう少し調べた方が良さそうだね」

あの二人は、どちらともまだ隠しごとをしているというか、肝心な部分について、僕らは情報を開示されていない気がする。

「そういえば、田中夫人は宮田氏のところの家政婦さんと、交流とかないんですか？」

田中夫人の勤める水谷《みずたに》ホームワークスは、元々宮田氏を通じて紹介された家政婦派遣会社だ。働く場所こそ各家庭だとしても、田中夫人は宮田氏宅の家政婦と同僚になるはずだ。

「宮田さんのところの家政婦ですか？　ええ……まあ、確かにありますけれど」

ほくほく焼きたての、まだ温かいじゃがいものキッシュを、ナイフで四等分していた田中夫人が、ホームズの突然の質問に困惑していた。

「なにか宮田氏のプライベートな部分について、伺えないでしょうかね」

「そりゃ、訊けというなら訊きますけど……でも多分、なにも出てこないと思いますよ？」

大きめに切られた野菜が、ごろごろ入った野菜のキッシュ。アスパラがいかにも美味しそうだ。

それを皿に取り分けながら、田中夫人が「うーん」と唸る。

「こういう仕事ですし……ご家庭のことを外には漏らさないという、家政婦の基本理念があります。特に彼女はもう、20年以上宮田さんのお宅でお勤めですから、宮田さんのご迷惑になりたくはないでしょうし、なにを訊かれても答えられないと思います」

「それは……確かに長いですね」

20年……下手をすれば、家族同然の付き合いになるだろう。宮田氏のことをよく知っている反面、確かにそうそう話してはくれないだろう。

「仕方ない……まずはアイリーンの方を調べてみようか」

ため息と一緒に吐き出すと、ホームズも頷いた。

「……亡くなったお母さんの生まれ変わりという女性が、母の声だと言って、ペンを通じてメッセージを伝えてくれる……美談のようですけど、にわかには信じがたいです。文字にするというのも、なんだか……デモンストレーションのような気がします」

確かに生まれ変わりに自動記述……ちょっと入ってくる情報量も多いというか。

「彼女は直接、霊の声は聞けず、筆記によってのみコミュニケーションがとれるのかもしれませんが、大げさな降霊会のように、『霊が降りてくる』という状況を、過剰に演出しているようです」

とはいえ、『ペテン師』とは思いたくないと、ホームズが寂しそうに視線を落とした。

「本当に、声が聞こえているのなら、いいんですけど……」

「その可能性もあると思うかい？」

「ええ。彼女はちょっと特殊な人です。上手く言えませんが、神秘的な空気を持っていました。あくまで私の直感ですが……」

とはいえ、そういう『直感』というものは、当たらないとは限らない。それは意識していない、無意識下の経験がもたらすもの、脳に蓄積された暗黙の学習データが導き出した答えかもしれないからだ。

「そもそも、男性が女性の姿を取るのは、古代から神に仕える男性の神聖な行為の一つです。完全性を求め、ローマ皇帝カリギュラも、月の女神や美の女神の装いを好んだと言われています。異性装に儀式的な意味合いのある国は多いです」

そういうスピリチュアルな意味で、彼女が『彼女』であるかどうかはさておき、確かに不思議な雰囲気を持っていたことは否めない。

確かに特殊な才能が、本当にあればいいと思った。

もしかしたら、ホームズの体を取り戻す導《しるべ》が、なにか見つかるかもしれないから。

4

その日、僕らはめいめい、調べものをして一夜を過ごした。

ホームズは生まれ変わりと自動記述について調べ、僕は宮田氏とアイリーンについてわかることを、片っ端から当たってみた。

宮田氏の祖父はニシン漁で財を築き、その後、政治の道に進んだ。つまり父と三代にわたっての政治家ということになる。

東京大学に進学し、法学部を卒業、司法試験に合格し、弁護士の資格を得た後、政治の道に進む――地元の評価も高い、まさに非の打ちどころのないサラブレット。

調べたところ、特に彼のキャリアに傷はなさそうだ。

だからこそ、今回アイリーンのことが明るみに出れば、大スキャンダルになるだろう。

対してアイリーンについて、調べられることは多くなかった。

Rosalindで週数回、ポールダンスのショーを開いている。それだけ。

彼女は経歴どころか、本名すらわからない。

なんとかならないか、SNSを探したりもしたが、先に進まないことに少々いらだった。

そのせいで、久しぶりに飲んだアルコールがよく効いてしまったらしい。

目を覚ますともう昼近くで、田中さんが出勤してきた。

ホームズも、起こしてくれたらいいのに……朝食の支度は自分たちでやっている――というか、僕が作っていたが、さすがに彼女も自分の朝食ぐらいは用意できたのだろうか。

でも可哀想なことをした、そんなことを思いながらシャワーを済ませ、リビングに降りると、田中さんが「河邊さんはいつお戻りですか？」と訊いてきた。

「いつ？」

「ええ。今夜は茶碗蒸しにしようと思ったんですが、いらっしゃらないなら日を改めようかと思いまして……」

いらっしゃらない？　彼女はなにを言っているんだ？　――と、その言葉をかみしめているうちに、ぞわっと背筋が寒くなった。

慌ててホームズの部屋を訪ねたが、いるのはパグ犬だけだ。ホームズの姿はなかった。

「……うぉ」

ま、マジか。

慌ててスマホを鳴らしたが、どうやら置いていってるらしい。かわりにタブレットがスタンドからなくなっている。

「う……嘘だろ？」

思わずドアの前でしゃがみ込むと、「どうしたワトソン」と言うように、パグが丸い顔を不思議そうに傾げてから、とことこ体を寄せてきた。

「なんで置いていくんだよ！」

そのままパグを小脇に抱え、リビングに走ると、何故か僕のサイフがローテーブルの上に置かれていた。

いつもジャケットのポケットに入れっぱなしのサイフだ。サイフを持ち上げると、折りたたまれたメモが1枚あった。

『すみません、お借りします』

中を見ると、現金が4万ほど消えていた。

そもそも経費用なので、ホームズが持って行くこと自体にはなんの問題もない。

けれど、何故、現金が必要なのか。

一応、ハドソン婦人にも、それとなく電話をしてみたが、彼女のところにホームズはいなそうだ。でもいなくなったなんて話せなかった。バレたら殺されるかもしれない。

ひとまず思いつくところはすべて訪ねたが、そもそもそんなに多くない。近所のカフェや彼女の『体』が入院する病院、河邊氏のオフィス——。

そこであっさり万策がつきた。

情けないことに、僕はまったく彼女が行くであろう場所が思いつかなかった。

僕は結局、ホームズのことはなにも知らなかったのだ。彼女がここに来る前、どこに暮らしていたのかさえ、知らない。

焦っているだけの時間が、刻一刻と過ぎていく。

スマホへの連絡に神経を尖らせ、パグの散歩に行ったり、落ち着かない時間を過ごした。

けれどあと、もう一カ所だけ思いつく場所があった。時計を見ると夕方5時だった。

意を決して、僕はもう一度、今度は一人でRosalindに向かった。

迷惑そうな顔のネル嬢に、ホームズを探していることを伝えると、「知らないわよ」と冷たく返ってきた。けれど意外にも、アイリーンは僕を再び自分の控え室に招いてくれた。

まだ開店前だけあって、店内は静かだ。彼女はウィスキーではなく、カップにクマのロゴが入ったアイスカフェラテを僕に一つ手渡し、自分も美味しそうに一口吸い上げた。

「朝はカフェラテって決めているの」

「朝？」

「私にはね」

そう言って、彼女は改めて差し出した、僕の名刺をしげしげと見た。

「ホームズ超常科学研究所？」

「ワトソンと呼ばれています」

「和戸だから？　じゃあ、河邊さんがホームズね、ふふふ」

冷たいカフェラテは、焦って混乱した僕の胃袋を、適度に冷やしてくれた。

「彼はここを訪ねてきてはいませんか？」

「ええ、今日はお会いしてないけれど？」

「そうですか……」

「随分心配そうね……彼と、いいえ、彼女かしら？　可愛い人ね。恋人なの？」

「ぶっ」

思わずカフェオレを吹き出しそうになった。

「あら」

「ち、違います。彼は——その、友人というか、雇用主というか……」

「関係の変化を怖がってちゃダメよ。愛って、そもそも痛いものだわ」

「今の僕に、そんな余裕も甲斐性もありませんから！」

「そうなの？　てっきり特別な人なのかと思ったのに」

なーんだ、と呟いて、彼女はソファに腰を下ろし、少しつまらなそうにした。

「彼は多分ストレートだと思いますよ。ただ少し……そう、彼は今、事故の後遺症に悩まされていて、なにかあると心配なんです」

「だからって……別に子供じゃないんだから、自分のことぐらい自分でなんとかするでしょう」

彼女は子供だ。子供だし——正直、例えば10年後でも、あの子は変わらないだろう。

「でもまあ、とにかく店には来てないわ。力になれなくてごめんなさいね」

思わず俯いて、言葉に詰まった僕に、アイリーンは優しく声を掛けてきた。

母のように優しい人、宮田氏が言っていたことを思い出す。だけど彼女は、そう見せかけているだけで、彼の母親を騙るペテン師かもしれない。

「……貴方は本当に、亡くなった方と交信ができるんですか？　本当に、彼の母親だと？」

「貴方はどうだと思うの？」

「都合のいいことだと思います——僕は正直、信じられない。でも僕もホームズも、貴方が嘘つきでなかったらいいと、そう思ってます」

「優しいのね」

ふ、とアイリーンが、なにか意味深に微笑む。

「誰の声でも……聞けるんですか？」

「相手が話したいと思っていればね。生きてる人間だってそうでしょう？　話したくないことを無理には訊けないわ」

そこまで言うと、彼女はソファから立ち上がり、僕を部屋の外へと促した。

「だから諦めてお帰りになって、ワトソンさん。宮田とのこともね。私、口は堅いわよ」

立つと身長が変わらない上に、ポールダンスで鍛え上げられた筋肉を持つ彼女は、僕よりもずっとパワフルで、ろくに運動もしていない僕は、ほとんどその迫力だけで、店から追い出されてしまった。

あとはいったい、どうしたらいいだろう……途方に暮れて、店から地下鉄豊水《ほうすい》すすきの駅に向かって歩き出すと、酔っ払いが一人、どん、とぶつかってきた。

「おっと失礼」

酔っぱらいが言った。ええ、大変失礼です。そう思いながらも無視しようとした僕は、その後も僕をからかうように、肩で小突いてくる迷惑な男を、二度、三度と見て――。

「……ホームズ？」

「あはは、やっとわかりました？」

ころころと、さもおかしそうに腹を抱えて笑うホームズ。彼女は昨日と同じワイシャツ、ボサボサの頭、そして僕のジーンズに、黒いフレームの伊達めがねという、普段のきっちりした河邊氏からは想像がつかない、やや見苦しい姿で立っていた。

ちょっとした変装なのに、普段のイメージと違いすぎるせいか、充分わからなかった。

僕はまずほっとして……そして怒りがこみ上げてきた。

「一人でどこに行っていたんだ！」

「調査ですよ」

「心配したんだ！」

「私、そんなに子供じゃないですよ。少し一人で調べたかっただけです。それに、ワトソンだって一人でアイリーンさんのところに行っていたじゃないですか？」

「あれは、君が彼女を訪ねているんじゃないかと思って――」

「そんな無謀で無駄なことはしませんよ」

「無謀……」

無駄だとは思いたくないが、確かになんの成果もなかったのは事実だし、もしかしたら捜査のマイナスにはなったかもしれない。

「……っていうか、どうして僕が彼女を訪ねたって知っているんだ？」

その質問に、彼女はにやっと笑って、タブレットを僕に差し出した。

そこには店に入る僕、そして追い出される僕が、とぼけた顔で映っていた。

「……隠し撮りするくらいなら、店に入る前に、声をかけてくれたらいいじゃないか」

内緒で撮るのは、少なくともフェアじゃない。

「声をかけて、貴方の捜査の邪魔になったら嫌だなって思ったんじゃないですか」

立ち話をしていても往来の邪魔なだけなので、僕らは歩き始めた。午後6時を過ぎ、ススキノの街は人の流れも増えている。

考えてみたら、今日は金曜の夜だった。すっかり曜日の感覚がなくなっている。

「じゃあ君はなにをしてきたんだい？」

「社会見学ですよ。ああ、もしかしたら修学旅行かも？」

「修学旅行？」

「朝早くからタクシーに乗って、洞爺湖《とうやこ》に行きました」

「……は？」

「あ、これお土産です」

そう言って彼女が取り出したのは、小刀サイズの『洞爺湖』と書かれた木刀だった。

確かに洞爺湖は、道央圏の小学生の修学旅行先としても有名だ。札幌から2時間少々の場所ということもあって、僕も小学生の頃に行った。夜に上がる花火が綺麗な場所だ。

だが。

「あ、あと、洞爺湖サミットでも使われたって言う、自然有精卵の卵も買いました」

にこっとホームズが笑った。僕はまた怒りがこみ上げてきたけれど、なんとかそれを飲み込んで、自分の額を撫でた。嫌な汗でベタベタしていて、余計に嫌な気分になった。

「……わかった。1回ちゃんと聞こうか」

深呼吸と共に彼女にそう言うと、ホームズはにこにこと「いいですよ」と頷いた。むしろ話したかったという表情だ。

「タクシーに、ストレス解消に付き合ってほしいって頼んだんです。3万円で、ちょっとしたドライブして戻ってきたいって。そしたら、3万円で6時間貸し切りにできるってことなので、洞爺湖に行って、白いお汁粉食べて、卵と木刀を買って帰ってきました」

「ストレス解消……言ってくれたら、僕が連れて行きますけど……」

「私、あんまりそういうの溜まらないので平気ですよ？　イライラしたら、ヴァイオリンを弾きますから」

「……ん？」

「え？」

会話がかみ合っていない。ストレス解消に、洞爺湖に行ったんじゃなかったのか？

「ああ！　だから、一人で調べたいって言ったじゃないですか。アイリーンさんのお店で呼んでくれたタクシー会社にお願いしたんです。きっと普段から使ってるんだろうって思って。案の定彼女もそちらのタクシー会社を利用しているみたいで」

6時間車で二人きり。一緒に食事をしたり、観光地を回っている間に、運転手はすっかりホームズと打ち解けたそうだ。そもそもホームズは、他人との距離のとり方が独特だ。フィーリングの合う相手なら、その距離感は限りなく近い。

最初は警戒していたと言うが、その運転手は、会社員からタクシー運転手に転身した苦労を話し、やがては内緒だと言って、アイリーンたちのことも話しだしたという。

「上手くそうなるよう、話題を振ったんですけれどね」

そうして彼女は親しくなった運転手に別れを告げ、Rosalind の通用口がよく見える場所に陣取って、数時間撮影をしていたらしい。

やがて家に着くなり、ホームズは今日撮影したという写真をプリントアウトした。

「これは……?」

見て下さいと言って出されたのは、あきらかに隠し撮りしたとおぼしき写真だった。

そこには一人の青年と、親密そうにタクシーから下りてくるアイリーンの姿があった。

「他にも何度か、二人を乗せたことがあるという運転手さんがいるんですよ。多分交際しているんでしょうって。そしてこの男性というのが、また面白いんですけど……」

そう言って、ホームズは宮田氏のホームページを開いた。

「え？」

それはどうやら、選挙で当選した時のめでたい写真のようで、宮田氏を中心に、後援会の人たちや、関係者が嬉しそうに万歳をしている。

その写真の中央より少し左側。嬉しそうな宮田氏の横に立つスーツ姿の男たちの中に、見覚えのある顔があった。

「そんな……」

「はい。アイリーンさんの恋人は、宮田さんの秘書のお一人です」

ホームズが苦々しい表情で言った。

「宮田さんの秘書と親密な関係にあるとすれば、宮田さんの個人的な話も知りやすいでしょう。たとえば幼い頃の渾名だとか。彼のプライベートな情報も集めやすいと思います」

アイリーンの交際相手が、宮田氏の秘書だとしても、必ずしもそれが罪の証明にはならない。

とはいえ、だ。

「ただの友人、ってことはないんだろうか？」

「ええ。違うと思います。実は彼女がいつも出勤前に行くという、コーヒースタンドで先に彼女を待っていたんです——案の定、彼女はその青年と一緒に、お店を訪れました」

そこで自分と恋人の分、そして職場で待つ友人の分と、数個のコーヒーを買ったアイリーン。おそらく僕が飲んだアイスカフェラテは、その時買ったものだろう。

「そしてコーヒーができあがるのを待つ間、恋人と写真を自撮りしていました。確かにおしゃれな店なので、インスタ映えポイントとして有名なお店らしいんです。だから、親切な客のフリをして、二人が寄り添っているところを、写真に撮ってあげました。彼女、すっごい喜んでくれましたよ」

そして、店の近くまで後をつけ、何枚も隠し撮りしたんだそうだ。

確かに町を歩くアイリーンと青年は、愛し合う者の親密な距離感だ。

「……本当に宮田氏に未練がないなら、何故写真を返せない？　と考えてしまうね。やはりどこかの段階で、宮田氏を強請るつもりなんだろうか」

確かにそれなら今よりも、例えば選挙中だとか、彼が知事になってからの方が、より高い金額になるだろう。宮田氏が焦っているのも、おそらくそれを見据えてのことだ。

「『ママ』である自分を、万が一恋人に知られたくないという可能性がありますよ？」

そりゃあ、そう考えられないこともないが……。

ひとまずアイリーンと秘書の関係を、宮田氏に告げるべきか否か、そんなことを悩んでいると、「あの……」と田中さんが僕らに声を掛けてきた。

気がつけばもう夕餉の時間だ。

田中さん渾身の茶碗蒸しタイムに、ホームズは溢れる喜びに頬を上気させ、田中さんをハグした。ホームズ以上に、田中さんが顔を真っ赤にする。

「夕べ……旦那様がお話しになったことですが、一応あちらの家政婦にも話したんです。そしたら……彼女も最近、宮田さんが随分落ち込んだり、イライラしたりしているそうで、少し心配していて」

仕事でイライラするのは仕方ないにしても、やたらと電話を気にしたり、なんとなく普段と違う雰囲気があると、宮田氏の家政婦は思っているそうだ。

「そして何度も同じ料理を作らせるんですって。でも作るたびにこの味じゃないって……」

「同じ……ちなみにどんな料理ですか？」

「ええ、それがね、糠《ぬか》ニシンの三平汁《さんぺいじる》らしいんです」

「ああ……それは確かに、家庭の味がありそうですね」

糠ニシンの三平汁は、糠に漬け込んだニシンを汁物にした、北海道の郷土料理だ。シンプルな料理だからこそ、その家庭ごとの味がある。とはいえ、最近はあまり食べる機会の減った料理にも思う。

「ええ。具の内容や、塩抜き加減もありますし、なかなかおふくろの味と同じにって言われても難しいんです」

せめて具体的にこの味と、わかっているならともかく、食べたこともないのに、そのまま再現しろと言われても……。そう田中さんも困り顔だった。

「宮田家の家政婦さんは、宮田さんのお母さんの三平汁は召し上がっていないんですね？」

「ええ。奥様が亡くなり、当時お勤めだった家政婦もいなくなった後に、宮田家に入ったそうで、残念ながら味は引き継げなかったんですって」

なるほど、それはますます難しい話だ。

「彼女も困っているのは確かですし、だからもし、ご実家でそのレシピを伺ってきてくれるんでしたら、宮田さんのご生家を教えてもいいって。内緒ですけど、でも最近宮田さんが悩まれているのは確かですから、できれば力になりたいそうで……」

つまり、自分の口から話すわけにはいかないが、レシピをだしにして、実家を訪ね、詳しい話を聞いてこいと、そういうことらしい。

「宮田さんは、もともと旦那様と昵懇になさってますし、ご生家を訪ねても歓迎して下さると思います。一度訪ねて……レシピをいただいてきていただけませんか？」

それは願ったりかなったりだ。

話してもらえない事情を、勝手に探るというのはいささか下世話な気がするが、とはいえ彼は僕らに脅迫まがいの方法をとっているのだ。これはお互い様だろう。

なんとかアイリーンから写真を取り返す方法が見つかればいい。もしくは彼に諦めさせる方法が。

淡い期待を込めて、ひとさじすくい上げた茶碗蒸しは、確かに表面に金色の出汁がたっぷり張っていて、ふるふる、とろとろと軟らかく、そして温かかった。

考えてみたら、今日1回目の食事だ。肝心のホームズと来たら、こんなに幸せなことはないという表情で、茶碗蒸しを堪能している。

まったく、人の気も知らないで。

でも良かった。

無事で、良かった。

5

宮田氏の父と祖父が生まれ育ったのは、札幌から車で2時間弱のところに位置する、日本海に向かって突き出た海の町、積丹町《しゃこたんちょう》だった。

さっそく翌日、僕ら二人は車で積丹を訪れた。空の良く晴れた、抜群のドライブ日和だ。

「すごい、真っ青……！」

初夏の軽やかな風を感じながら、窓の外に広がる真っ青な海を見て、ホームズが感嘆の声を上げる。

「ああ、積丹ブルーってヤツだね」

積丹周辺は、海に囲まれた北海道の中でも、一、二を争う美しい海が広がっている。

まるで絵の具を溶かしたような鮮やかなコバルトブルー。南国の海とはまた違う、蒼。

「……海の色が、同じ道内でもこんなに違うなんて、知りませんでした」

胸を押さえ、はー……とホームズが感嘆の息を吐いた。

「この辺は、心霊スポットとしても有名なんですよね」

自分はそっちの方でしか、積丹を知らなかったと、ホームズは笑った。

「ああ――昔、大きなトンネル事故があったから、かな。僕も小さかったので、うっすらとしか記憶に残っていないけれど」

『積丹』と聞いて、道民が思い浮かべるものの一つが、1996年に起きた豊浜《とよはま》トンネル崩落事故だろう。20名が亡くなった、大変痛ましい事故だ。

僕はまだ幼かったので、その事故の報道についてはほとんど記憶にないが、母がテレビの前で不安そうに祈りを捧げていたことは覚えている。

「まあ……大変な事故だったから、オカルティックな噂が立ってしまうのもわかるよ」

「そういう悲しい痛みは、空間に記憶されると言います。本当かどうかはわからないけれど、でも少なくともそうやって噂になることで、亡くなった方を偲ぶ方は増えるでしょうね、今のワトソンみたいに」

確かにどんな凄惨な出来事も、時間がたてば忘れ去られる。なかったことのようになってしまうのは、遺された人たちにはたまらないことだ。

けれどそういった形で話が残るというのも、また複雑じゃないだろうか。

「本当になにもかも、すべて覚えていられたらいいのに……」

ホームズが流れる景色を見つめながら、ぽつんと呟いた。

忘れることができないと、辛いこともある。先に進めないことも——けれど、そんなことを彼女には言えなかった。

「……積丹は、この青い海や、とにかく美しい風景もいいけれど、今はまさにウニ漁の時季だから、嫌っていうほど新鮮なウニ丼が食べられるよ」

「ウニ、あんまり好きじゃないです。ちょっと贅沢すぎますし、それなら玉子丼の方が……」

せっかく話題を変えるためのウニが、彼女にはハマらないらしい。

卵は物価の優等生というが、一日5個は卵を食べる彼女。対して年に一度か二度の、豪華なウニ丼。本当に高いのはどっちだろうか。

とはいえ、今日の目的はウニ丼ではないので、宮田氏の家政婦に聞いた、宮田氏の生家の住所へと向かった。

悲しい伝説の残る、静謐で美しい神威岬《かむいみさき》や、歴史を感じる優しい色の町並み。切り立った岸壁、青々と茂る木々。

空の蒼色、海の瑠璃色。

初夏の積丹の美しさを満喫しながら、僕は車を走らせた。高級車は怖いという僕の希望を汲んで、仕事用に用意してもらったSUV車は快適だ。

カーナビの協力もあって、特に迷うこともなく、宮田氏の実家に着いた。実家と言っても、宮田氏自身は幼いうちに、両親と共に札幌に移っているので、ここで暮らした期間はそう長くないそうだ。

今は宮田氏の親類が暮らしているという、白い壁に赤い屋根が印象的な、小高い丘の綺麗な邸宅に着いた。古い屋敷だ。いわゆるニシン御殿なのだろうか。

立派なたたずまいに感じ入りながらインターフォンを鳴らした。レトロな呼び鈴かと思ったら、そこは近代的なインターフォンで、軽快な音が響いた。

1分ほど待ってもう一度鳴らしたものの、結局なんの応答もなかった。

「車もなさそうですね」

空っぽのカーポートを見て、ホームズが呟いた。

確かになんの連絡もせずに突然訪ねる以上、不在である可能性も考慮はしている。時計を見ると午前10時半過ぎ。もしかしたら買い物にでも出ているのかもしれないし、この天気だ、旅行という可能性もある。

さてどうしたものか、とホームズと顔を見合わせていると、どうやらあたりを整備していたらしい、作業着の男性が、刈り払い機で雑草を刈る合間に、僕らに声を掛けてきた。

「宮田さんなら、当分帰ってこないよ！」

「え？」

慌てて話を聞くために近づくと、男性は刈り払い機の電源を落とした。

「東京に住む娘に、孫が生まれたって言って、半月ぐらいは戻ってこないはずだ」

「そうだったんですか。実は歩さんの件でお尋ねしたかったんです」

「……なんの用で？」

宮田氏の名前を出した途端、男性が露骨に不信感を露わにした。

「いえ……彼には以前からお世話になっているのですが、ここのところ仕事で忙しいのを心配していまして。せめて激励してやりたくて、糠ニシンの三平をご馳走したいんです。酔うとよく、あの頃のが一番美味しかった、と話してくれるので」

そう説明すると、男性は「ああ」と急に警戒を解いた。

「最近はなんでも減塩ブームだし、糠ニシンだってアメリカ産ばっかりだもの。糠ニシン自体なかなか美味しいのがないもんだから。札幌じゃ余計に食べられないだろうねえ」

「やっぱりそんなに違うんですか？」

「そりゃみんな冷凍モンだろ？　身だって柔《や》っこすぎてさ。昔はもっとギンギンに塩っぱくて、硬かったもんだけどね」

元は冷蔵技術の発達していない時代に、保存のために塩と糠でニシンやサンマを漬け込み、長い間食べられるように加工したものが、糠ニシン、糠サンマだ。

山漬けの塩辛い鮭と同じように、そのまま焼いて食べるには塩辛すぎる。魚1本で、米2〜3合は食べられそうなほどの塩分だ。

塩抜きするのも手間だし、昨今の減塩ブームだ。今は充分保存技術が進んでいることもあり、糠ニシンも大部分が甘漬け、つまり辛さの強くない、今風の糠ニシンばかりになっている。

それに、一時期ほどの不漁ではないにせよ、昔のように御殿が建つほど豊漁とはいいにくいニシンだ。地物の加工品もあるが、結局ニシン自体が海外から輸入したものも多いそうだ。

かつてはニシンで活気づいた町らしく、ニシンへのこだわりが強い作業着の男性の、「最近は〜」という不満に数分付き合った後、どうやら鬱憤を晴らして気をよくしたらしく、「まあ、おんなじ三平かどうかわからないけども、近所に歩君の叔母なら住んでるよ」と彼は教えてくれた。

前に札幌で小料理屋を開いていた女性なので、きっと美味しいだろう——そう言われて、もう一軒のお宅を訪ねてみることになった。

宮田氏の父の一番下の妹で、宮田氏とも仲が良いので、きっと力になってくれるだろうと。

生家から車で5分ほどの距離だ。

たどり着いたのは海岸線沿いの、丘の上の小さな一軒家だった。アメリカンスタイルの平屋建て。いわゆるサーファーズスタイルというやつで、白いウッドデッキと赤いドア、淡いブルーの壁が印象的な、真新しい家の横で家庭菜園の手入れをしていた女性が、家の前に駐めた車から降りた僕らに気がつき、両手を大きく振った。

「河邊く一ん！」

「えっ」

野良仕事用のつばの広い帽子を脱いだ女性は、年齢はそう宮田氏と変わらない。いや、もしかしたら60代で、彼より年上かもしれないが、少なくともそれを感じさせない、若々しい美魔女だった。

「久しぶりじゃない。よくここがわかったわね」

そう言って、笑顔で迎えてくれた女性に困惑した。彼女が河邊氏の知り合いだというのは、想定外だったからだ。

「歩の息子の結婚式以来かしら、ご無沙汰しちゃったわね。店を閉めてから、札幌まで出ることも減ってしまって……でも、元気そうで安心したわ。事故に遭ったって聞いた時は、私も随分心配したのよ」

「あの……どうも……」

ホームズが一瞬、助けを求めるように僕を見た。そういえばさっきの男性も、彼女が小料理屋をやっていて、なんて話していたことを思い出す。

これはまずい。彼女が知り合いだった時の答えを用意していなかった。

しかも多分だが、彼女は河邊氏と夏菜ちゃんの入れ替わりを知らない。

いったいどうしたら……そう焦った僕は、咄嗟にポケットの中のスマホの着信音を鳴らした。

「あ、すみません、社長……ちょっと、仕事の電話が……」

そうわざとらしく言って、ホームズを一度車の方に引き戻し、彼女と距離を取った。

「え?」

なんですか?　と小首を傾げたホームズの耳に僕はスマホを押し当てる。

「わ、ワトソン?」

はっとしたようにホームズが僕を見たけれど、僕はなにも言わずに彼女に頷いた。スマホのスピーカーから流れているのは、メンデルスゾーンの『歌の翼に』。

一瞬すがるような目を向けた後、ホームズの両目から光が失われ、体から力が抜ける。

けれど慌てて支えようとする僕の腕を、彼は「平気です」と拒んだ。

「あの……」

「状況はわかってるから大丈夫」

咄嗟に状況を説明しようとすると、彼は時間を惜しむように短く言って、僕に片目をつぶってみせる。

「本当に突然失礼してすみません。本家の方にお邪魔したら、どなたもいらっしゃらなくて。紗和《さわ》さんなら、伺いやすいので来てしまいました」

宮田氏の叔母という女性、『紗和』さんに歩み寄りながら、ホームズが――河邊氏が、人当たり良く、笑顔で言った。

「今更ね。貴方はいつも急な人だもの」

紗和さんは笑顔を深め、そうして二人はいくつか当たり障りのない、近況報告を交わした。やはり、河邊氏は彼女の店によく通っていたらしく、二人はそれなりに親しい間柄のようだ。

「それにしても、どうして河邊君が本家になんて？」

「実は、歩さんを喜ばせるために、昔食べた三平汁のレシピを探しているんですよ」

「はあ？　三平？」

「ええ。できれば教わりたいと思いまして」

そこまで話すと、彼は僕に意味ありげな視線を向けた後、また電話のふりをして、彼女に背を向け、そして僕に軽く寄りかかり『サイドバイサイドビューローだ。引き出しの一番下だよ』とささやいて、体の主導権を夏菜ちゃんに渡した。

きょとんとした目で彼女が僕を見た。

「後は僕に任せていいよ」

そう彼女に告げて、僕らは紗和さんのところに戻った。

「相変わらず忙しそうね。しかも今日は秘書の彼女、一緒じゃないのね」

そこで彼女はやっと僕の存在が気になったらしい。

「鳩邑さんは休暇中なんです。私は河邊さんの主治医を務める和戸といいます。確かに今日は少しお疲れで、立ちくらみがあるようです」

努めて医師らしい静かな口調で告げる。

「あら大変。そこ座った方がいいわ。それとも上がっていく?」

事故の後、後遺症で仕事を最小限に控えている……という話は、彼女も耳にしていたらしい。ウッドデッキに腰を下ろすように、彼女は薦めてくれた。

「いえ……とにかく、その三平汁のレシピだけいただければと思いまして」

「でもあの子、三平なんてそんなに好きだったかしら?」

「思い出の味だと言うんですよ。子供の頃によく食べた、お袋の味らしいんです」

それを聞いて、彼女は不意に怪訝そうに眉を寄せた。

「お袋の味?」

「ええ、それで随分、家政婦さんを困らせてるみたいで」

田中さんから聞いた話を、そのまま紗和さんに話した。けれど彼女はますます不思議そうな、怪訝そうな表情だ。

「勘違い、じゃないのよね？」

「あの……？」

勘違いとは、どういうことだろう？　今度は僕らが困惑する番だ。

「お袋っていうけど……あの子の母親は、料理なんてしなかったわよ。気取って洒落た人だったし、糠ニシンなんてまず触らなかったと思うけどね」

「え？」

ウッドデッキに腰を下ろしたホームズと、思わず顔を見合わせてしまった。紗和さんはまたうーんと唸って、思案するように腕を組む。

しばらく沈黙が流れ、遠く海鳥の鳴く声だけが、風の間に響いていた。

「……まあ、あの子も今が正念場だろうし……河邉君だから、信用して話すけれど。歩には私が話したことは内緒よ？」

やがて彼女は、ウッドデッキの柱に寄りかかるようにして、意味深に同意を求めた。

「お約束します」とホームズが答えると、紗和さんは深呼吸を一つした。

「……あの子の母親だけどね、歩が小学生の頃に死んだって言われてるけど、実際は男を作って出て行っちゃったのよ。元々子供嫌いで、しょっちゅう家を空けてる人だったから、彼女は親権も取らずに、この家にあの子を置いていったの」

「え？　生きてるんですか？」

「ええ。私も子供の頃だし、詳しい理由は聞かされてないけど、随分いろいろあったみたいで……彼女も自分は死んだと思って下さいって、そう言って出て行ってるから、私たちの中ではもう死んだ人みたいになってるけれどね」

「そんな……」

そんな話は聞いていない。

だったら、アイリーンの中にいる『母』は、いったい誰だというのだろうか？

「一応私は連絡先は知ってるから、どうしてもっていうなら訊いてあげてもいいけれど……もう八十近いから、そもそもレシピを覚えてるかどうか」

「あの、是非、お願いします」

そう願い出ると、彼女はその場で宮田氏の母親に電話をしてくれた。紗和さんが知らないだけで、やっぱりもう亡くなっているかもしれない、なんて考えたが、幸か不幸か無事連絡は付いてしまった。

だが、やはり三平汁のレシピは手に入らなかった。そもそも作った記憶すらないそうだ。

僕らは紗和さんに礼を言って、彼女の家を後にした。

せっかくウニの季節に積丹に来て、ランチタイムだというのに、僕らは結局食事をしなかった。そういう気分じゃなかったのだ。

それに少なくとも美味しいウニは、美味しいと感じる気分の時に食べたい。

その代わり、セコマでおにぎりとフライドチキンを買って、札幌を目指した。行きはあんなに綺麗だった海の蒼が、今は少し冷たい色に感じた。

「……どうしてそんな嘘を」

やがて静かな車内の中、ホームズがぽつりと絞り出した。

「まあ……ある意味、嘘をついたり、オカルトのせいにしなければ、相手も受け入れがたい関係性と言えなくもないのかもね」

「関係性、ですか?」

「ああ。性癖というよりは——これはまさに、関係性、だと思う。僕らの奇妙な関係と一緒だ。対人関係は、必ずしも単純明快とは限らないよ」

「ワトソンと私は友達じゃないんですか?」

「もちろんそうだけど、君が16歳の体のままだったら、こんな形では付き合えないと思う。君と並ぶには、僕はおじさんすぎるよ」

僕は、ホームズは幼いと思ってはいるが、聡明な彼女を尊敬してもいる。その警戒心のなさを心配すると同時に、うらやましく、好ましく思ってもいる。彼女の柔らかい心は、さまざまなトゲを受け流すのも上手い。

逆に僕の心は硬すぎて、なにかにぶつかるたびにいちいちひびが入ったり、大騒ぎしてしまう。

彼女は非常に優れた女性だ。だけど僕らは、並んで歩くにはバランスが悪すぎるのだ。

「特に彼はあくまで、プラトニックに母と息子の関係を味わっていたんだろう？　まあ……彼にまだ母親が必要な時期に、母親がいなくなったことには変わらないんだ、もしかしたら、ずっとその渇望を、どこかで埋めなければ先に進めなかったのかもね」

ホームズは、僕の言葉に怪訝そうに、少し悩むように首を傾げた。

「そりゃまあ……いい大人がって思うかもしれないけどね、必要な愛情っていうのはその人それぞれの形だと思うんだ。マザコンだとか、否定するのは簡単かもしれないけれど、でも誰だって、きっと望むままに愛されたいんだよ。それは必ずしも男女の愛や、性愛とは限らない。友愛や母の愛って場合もあると思う」

宮田氏は、アイリーンに、母として愛してほしかった。

だから彼は、『死んだ母の生まれ変わり』という、かりそめの『理由』を用意した。きっと、真相はこうなのだ。

「……じゃあ、やっぱり……超常現象じゃないんですね」

ぽつんと、ホームズが呟いた。

死者と話せるなら、僕も話したい人がいる。言葉を、感謝を届けたい相手がいる。

でも届かないからこそ、生きていけるのかもしれないとも思った。

結局、話ができたところで、なにも変えられないのだから。

でも結局、また空振りだ。

世の中は、僕らが望むよりもずっと、悲しいほどに現実的だった。

6

札幌に戻ると、ホームズはすっかり事件への興味を失ってしまっていた。

僕らがなにも知らないと思っている、宮田氏からの連絡が煩わしいが、確かに今のままでは、当初の目的である写真の奪還を済ませていない。

どうにかしなければ、と思いながらも、ホームズの腰は重い。

河邊氏に言われるまま、彼の部屋のサイドバイサイドビューローの、一番下の引き出しを調べたが、出てきたのはオセロが一つだけだ。

僕は白、彼女は黒。二人でオセロに興じながら作戦が会議をしたけれど、結果はいつもホームズが圧勝するか、途中で飽きるかのどちらかで、僕が勝利することは一度もなかった。

そうして2日経って、ホームズもオセロに飽きたのだろう。彼女はおもむろに、「そろそろなんとかしましょうか」と言った。写真奪還作戦だ。

アイリーンの自宅は、元々宮田氏が彼女に用意したマンションらしい。僕らがマンションに張り込んでいると、どうやら夕べ彼女の部屋に泊まっていたらしい、宮田氏の秘書がマンションから出てきた。

そのタイミングで、僕はアイリーンの部屋を訪ねた。

彼女は少しの沈黙の後、仕方なく僕を部屋に招き入れた。自分の逢瀬の相手を、僕らに知られたことに気がついたんだろう。

そもそも宮田氏の与えたマンションで、こんなはばかりもなく交際していれば、すぐにバレて当然だと思うのに、随分迂闊な人だ。

「家にまで訪ねてくるなんて、そんな積極的な人だとは思わなかったわ」

ガウン姿のアイリーンが迷惑そうに言ったけれど、僕は気がつかないフリをした。

「写真を渡してくれたらすぐに帰りますよ」

「だからこの写真は、私の保険だと言ったでしょう？　いい加減諦めたらどうかしら？」

そう言いながらも、多少はもてなしてくれるらしい。彼女は「なにか飲む？」と言った。

珈琲を頼むついでに、不思議と部屋の主の『個性』が見えてこない、無機質なリビングで、「タバコを吸ってもいいかな？」と言うと、彼女は渋々といった調子で頷く。

「灰皿を取ってくるわ」とため息を漏らして、彼女は部屋から消えた。その隙に、ホームズにメールを送る。すべては計画通りだ。

アイリーンを待っていると、突然、火災報知器が鳴った。

同時に、外廊下から「火事だ！」という叫び声——ホームズだ。

「大変です、アイリーン！　火事だ！」

そう叫びながら、僕は素早くバッグの中から取りだした発煙筒を三つ焚いて、リビング数カ所に投げる。

そうして煙の中から飛び出すと、「わかってるわ！」と灰皿を手に焦り顔のアイリーンが、咄嗟に奥の部屋を振り返った。

「さあ早く！」

けれど僕は、彼女の腕を掴み、玄関へと急いだ。白煙の中、すでにアイリーンの家に入り混み、ドアの陰に隠れていたホームズと、一瞬だけ目が合ったけれど、アイリーンは気がついていないようだった。

あとはもう、騒然となっているマンションから、アイリーンと避難するだけだ。

ややあって、それがいたずらだと判明し、更に騒然となる。

僕は彼女の肩に上着をかけると、「日を改めるよ」と言って、マンションを後にした。

いや、正確には彼女のマンションのすぐ近くにある、びっくりドンキーに向かった。

すると既に席についていたホームズが、にこにこ笑いで僕を待っていた。

「その表情だと、上手くいったみたいだね」

「ええ、お店で写真について話した時、彼女は『あの写真』といいました。つまり写真はいつも手元にあるわけではないと。そして今日、確かに彼女は『この写真』と言った。そして火事と知ると、まっすぐ奥の寝室を心配そうに振り返りました」

火事と聞いて、彼女は思わず大切なものを、無意識に視線で確認してしまったのだ。

そこからは、僕らの計画通りだ。

僕がアイリーンを外に連れ出した隙に、ホームズは彼女の部屋の寝室で写真を探した。恋人が来る部屋なら、目の付くところにはないだろう。そう考えて彼女のプライベートな引き出し――そう、下着の棚を調べると、案の定、中から寄せ木細工の秘密箱が出てきた。

「それが、これです」

そう言ってホームズが、木でパッチワークのようになった小箱を、テーブルに載せた。

「開けられそうかい？」

「ええ、多分……」

ホームズは頷いて、秘密箱をカリカリ動かす。するとものの数十秒で、彼女はそのパズルを解いてしまって、箱はばらばらに口を開ける。

「……え？」

けれど中に入っていた写真を見て、僕らは息をのんだ。

「これは……」

そこに入っていたのは、変装してアイリーンと秘書を写真に撮っているホームズの写真だったからだ。

そして更にめくると、積丹で話を聞く僕らの姿だけでなく、そこにはアイリーンの恋人が、宮田の対抗馬と会って話している写真もあった。連写された写真の中で、人目を避けるように秘書がなにかを受け取っている。

「どういうことでしょう？　この写真……」

困惑するホームズが僕を見た。

「……保険、だ」

「保険？」

「保険だよ。彼女の。彼女はおそらく秘書と手を組んで、宮田氏を陥れようとした――けれど、彼女は本当に聡明な人だ。彼女は同時に、秘書も自分に取り込んだんだ。多分データは彼女の方で保存しているだろう」

「つまり……アイリーンさんは宮田さんを陥れることができると同時に、秘書の方を陥れることもできるって、そういうことですか？　どうして？」

その時、写真の一番下に、オセロの駒が1枚だけ入っていることに気がついた。

「オセロ？」

裏返し、背中合わせの白と黒。

愛と憎しみ。

優しさと嘘。

誠実さと裏切り――。

「……宮田氏を陥れるつもりで、もしかしたら彼女自身も、宮田氏に惹かれていたのかもしれないね」

だとしたら、もう、答えは出ている――。

遅すぎる昼食――或いは早めの夕食に、ホームズはエッグバーグディッシュ、僕はカレーバークディッシュを食べた後、足早に店を出た。

その時一人の男性が、ホームズにどん、とぶつかった。

「おっと失礼。こんばんは、河邊さん」

背の高い、立派な体躯の男が、そう挨拶して人混みに消えていった。

「河邊さんの知り合いだったんですかね？」

不思議そうにホームズが言った。夏至を間近に迎えた6月の空は、夕方5時を過ぎてもまだ明るく、空は燃えてもいなかった。

7

その夜、家に来た宮田氏に、僕らはすべてを打ち明けた。

「そうか……神平《かみひら》君が……」

リビングのソファに沈むようにして、写真を手に、彼は苦々しくうめいた。

「おそらくですが……彼女は貴方との写真を、悪用しないでしょう。もしその神平さんや彼と繋がっている貴方の反対陣営の人間が、それを使おうとしたならば、彼女は逆に、この写真を使うことができる」

「……」

少なくとも神平青年が、政治スパイだという証拠が、この写真には残されているのだ。

「だからある意味……貴方は安全ということになります――もちろん、彼女を信用するなら、でしょうが」

「信用するよ」

宮田氏が低くうめくように言った。

「確かに彼女は、陥れる目的で私に近づいたのだろう。だが彼女が私を癒してくれたのも事実だった」

まるで陰と陽。

白と黒のオセロのように、二人はお互いころころ光を受ける面が変わっていたのだと、宮田氏はアイリーンのオセロの駒を眺めて呟いた後、彼女の家で手に入れた写真を、悲しげに鞄にしまった。

「……じゃあ本当は、お母様は、亡くなっていないんですね？」

「…………」

僕のその質問に、宮田氏は答えなかった。

「……あれ？」

そんな重苦しい雰囲気の中、不意にホームズは、なにか思いついたように、不思議そうな声を上げた。

「ホームズ？」

けれど彼女は僕の声を煩わしそうに、黙っているようにと手で制して、なにかを深く思案していた。時折ポケットからノートを取り出し、なにかぶつぶつ呟くだけで、こうなったらもう誰も彼女を止められない。

「な、なんだい？」

宮田氏も急に動作を止めたホームズを、怪訝そうに、少し気味悪そうに見ていたが、いつまで経っても彼女の瞑想が終わらないことに、不安げに僕を見た。

「いや……まあ……いつものことなんですが……」

し、と黙っていた方がいいことを、彼にそっと伝えた。思考の邪魔をされるのを、彼女はとても嫌うのだ。

けれど、思考に落ちるのと同じ唐突さで、ホームズは突然ぱっと表情を輝かせた。

「わかりました！　嘘と本当……宮田さんはオセロと同じで、嘘と本当が裏表、一つだったんですね」

　そう言って、ホームズはどん、とリビングのローテーブルに両手をついて、身を乗り出す。僕と宮田氏は、思わずテーブル越しに顔を見合わせた。

「え？　でも、宮田さんの母親は……」

「生きていますね。戸籍上では。でも……彼の『ママ』は、三平汁を作ってくれたママは、確かにもう亡くなっているんです――そうですね？　宮田さん」

「…………」

　宮田氏が、答えに詰まった。

「田中さんにお聞きしました。今の家政婦さんは20年お勤めされているそうですね。これはとても長い時間だと思いますし、家政婦さんは貴方のことをとても心配されているようでした。それはつまり、彼女はたとえ貴方が理不尽を突きつけても、職を離れたいとは思わない――そのぐらい、貴方は普段は家政婦さんを大事にされているんですよね？」

　彼は否定しなかった。それよりもホームズの言動を警戒しているようだった。

「前任の方は、何故お辞めになられたんですか？」

　そんな宮田氏を挑むように見つめて、ホームズが問うた。

「紗和さんは、貴方のお母様は、子供嫌いで家を空けがちだと言っていました。その間、代わりに家にいらっしゃったのは誰なんでしょうか？」

「………」

沈黙が返ってきた。

宮田氏はホームズの質問に答える代わりに、困ったように両手で額をかき上げて、頭を抱えるようにして俯いた。

「お答えいただけないなら、私が答えます。貴方の『ママ』は、貴方を産んだ女性ではありませんね。彼女の代わりに貴方を愛し、幼い貴方を育てた女性です。つまり――」

そこまで言うと、宮田氏は手を上げて、ホームズの言葉を制した。

もういい、と言うように首を横に何度も振って、そして彼は深い息を吐いた。

「……急性心筋梗塞だった」

「え？」

「しず江《エ》さんだ。夕食の支度をしている時、彼女は私の目の前で、急に倒れたんだ」

宮田氏は虚ろな瞳で天井を、高い天井で輝くＬＥＤのシャンデリアの輝きを見ていた。

「緊急搬送されたが……発作を起こしたその夜のうちに、彼女は死んだ。あなたを失ったら生きていけないと泣く私に、しず江さんは言ったんだ――必ず、また会えると」

そこから先の説明は、もう必要ないだろう。

彼女は愛を求める宮田少年に、再び会う約束をした。時空を超えて。

「彼女は確かに私にとって『母』だったんだ……」

「……それだけですか？」

静かに、悲しげに告白した宮田氏だったが、ホームズはすっと目を細めた。

「なに？」

「会いたかったから。愛していたから——だから生まれ変わりだという、アイリーンさんのことを愛した……素敵なお話ですが、でも貴方はアイリーンさんがしず江さんじゃないってわかっていました。違いますか？」

「しかし、私は——」

「信じていたなら、三平汁のレシピは、アイリーンさんに直接訊けば良かったのに、貴方はそれをしなかった。そもそも、貴方は彼女が偽物だということを全部知っていたんです」

「……あ」

言われてみれば確かにそうだ。アイリーンが本当に母親——いや、『しず江』さんなら、自宅の家政婦に母の味を再現しろと、無理難題を突きつける必要はない。

「貴方は本当は、なにもかも全部知っていた。神平さんの背信も、アイリーンさんの嘘も、そして彼女が自分を本当に愛し始めていたことも——違いますか？　貴方は最初から、神平さんと敵陣営を陥れるために、アイリーンさんを利用したんです！」

——愛って、痛いものよ。

不意にアイリーンの言葉が、僕の中でこだました。

「……先に金に目がくらんだのは彼女だ。私を陥れるために近づいてきた」

「でも彼女は、それでも貴方を愛していたんじゃありませんか？　だから貴方を守った。貴方の計算通りに……どうしてそんな酷いことを？　地位のため？　それとも彼女がしず江さんの生まれ変わりだと、嘘をついていたから？」

「死者は……なにも言わないよ、ホームズ君。あるのは現実と過去だけだ——希望と後悔が」

宮田氏が深い息を吐いた。僕はそれが誤りだと知っていたが、言えなかった。

「彼女は私にとって希望ではなかった。それだけだ——写真を手に入れてくれて、感謝するよ、ホームズ君」

宮田氏はそう言って席を立った。

ホームズはまだなにか言いたそうに、彼を追いかけようとしたけれど、僕はその肩を掴んで引き留めた。

「どうして止めるんですか⁉」

「……大丈夫。あの人は、アイリーンはちゃんとわかっていたさ。彼女は聡明な人だ」

そうだ。彼女は全部わかった上で、このゲームに賭けたのだ。

日ごとに替わる白と黒。ひっくり返る真実と嘘。

自分が負けるとわかっていても、それでも興じるゲームはある。

「河邊氏も、多分そのことを知っていたんだよ。これは宮田氏とアイリーンの、二人のゲームだったんだ。そして比類なきあの人は、自ら彼に勝利を譲った——多分、愛ゆえに」

「でもそんなの、悲しすぎます……」

ホームズは寂しげに視線を落とした。

河邊氏のオセロは再び棚にしまわれたまま、彼女はもう二度とそれを出してこなかった。

8

翌日、Rosalindを訪ねると、赤毛のネル嬢が僕らを出迎えた。

「彼女なら、もう辞めたわよ」

「え?」

「火事騒ぎのせいで、マンションも引き払ったって」

「そんな……」

ホームズが申し訳なさそうに俯いた。火事を装ったのは、彼女ではなく僕らなのだから。

けれどそんな僕らを見たネル嬢が、訳知り顔で微笑んだ。

「――でもまあ、気にしなくていいと思うわ。アイリーンはいつだって、自分の生きたいように生きる人だから」

「でも……」

「いいのよ。元々同じ場所に長くいる人じゃないのよ。彼女は鳥と同じなの」

責任を感じる必要はないわ――ネル嬢は優しい口調で言ったが、むしろ彼女は自分自身に、そう言い聞かせているように感じた。

「もし彼女に会ったら、連絡します」

せめてそう言うと、ネル嬢は首を横に振った。

「いいわ。彼女にその気があったら、自分から連絡をくれるはずだから」

物事っていうのは、なかなかいつも気持ちよく、すべてが枠に収まるとは限らない。

オセロの駒が、なかなか全部綺麗にひっくり返らないのと同じだ。

わかっているけれど、気分は良くなかった。ざらっとした嫌な後味のようなものが、僕らの心にしみこんでいた。

僕らは依頼を無事こなした。依頼人が望む形で。

だけど人を傷つけた。人の心を。

正義のために、超常現象を調べているわけじゃないが、誰かを傷つけるのは本意じゃない。

家に戻ると、休暇を終えたハドソン婦人が、久しぶりのメイド姿で僕らを出迎えた。

「お帰りなさい！　ハドソンさん！」

ホームズがそう言って彼女にしがみつくと、ハドソン婦人は一瞬頬を上気させ、けれどすぐにいつもの氷の仮面をかぶり直した。けれどその耳は、しばらく赤いままだった。

「いい休日になりましたか？」

「ええ。駆け足でしたけど、バイクで北海道を一周してきました」

「それは……お帰りなさい」

バイクで北海道一周……。

お土産と言って、彼女の差し出した今週2本目の木刀を手に、僕らはリビングへ向かった。するとどうやらソファにいたらしいパグが、今更のように僕らを出迎える。

「あらあ、遅かったじゃない」

その時、もう一つ、聞き覚えのある声が響いた。

「……え？」

甘い香水の匂いの中、しなやかな長い足が、ソファの上でゆっくりと組み替えられた。

「ああ。今日からここで一緒に暮らすことになった、アイリーンです。事後報告になってしまいましたが、河邊社長の許可は取ってありますので、ご理解下さい」

ハドソン婦人が、僕らの驚きなどどこ吹く風で言った。

「でも、じゃあ……」

困惑するホームズと僕に、アイリーンは軽やかに笑い声を上げる。

「『こんばんは』だけじゃなく『おはよう』も言おうと思ったんですよ、ホームズさん」

不意に彼女が、低い男の声で言って、ウィンクを一つしてみせた。

「……あ」

そこでファミレスですれ違った男のことを思い出し、思わず言葉を失った。

ホームズが慌ててハドソン婦人を見て、自分の体——河邊氏の体を指さす。

「わかってるわ。貴方が河邊さんじゃないことは、貴方が店に来た時からね」

「知ってたんですか？」

「ええ。だって、彼、普段はもっとセクシーだもの」

アイリーンがひょいと肩をすくめた。

なんてことだ。

出し抜いたつもりで、結局なんだかんだで、最初から全部彼女の手の内だったってことか。

「……怒っていないんですか？」

「なにを？」

ホームズに、アイリーンはわざとらしいほどの笑顔で首を傾げて見せた。助けを求めるようにホームズが僕を見たので、頷きを返す。彼女はいまいち納得できない表情だったが、それでも諦めのようなため息をついて、アイリーンの隣に腰を下ろした。

「挨拶が済んだなら、お茶にしましょう——ワトソン、手伝って下さい」

そんな僕らに、いや僕に、ハドソン婦人が声を掛ける。

僕に拒否権はない。でもそれは同時に、頼られているようで気分が良かった。いや、もちろんそれは僕の一方的な期待なのかもしれないが。

やっと戻ってきた日常に、なぜだか妙にほっとした気がした。おかしな話だ。数ヶ月前は知り合ってもいなかったのに。でも今は——。

パグ犬が潰れた顔で僕を見上げ、細い尻尾をパタパタと振った。

僕は笑顔でパグを抱き上げ、キッチンへ向かった。

intermedi

目を瞑ったまま、サラサラと紙になにかを書き付けたアイリーンは、やがて手を止めてそのメモをハドソン婦人に差し出した。

「……と、これでいい？」

ハドソン婦人はそれを受け取り、「ありがとうございます。田中さんたちが喜びます」と礼を言う。

「糠ニシンは本漬けで身の硬いものをね。できれば冷凍じゃないのがいいって。留萌《るもい》で昔ながらの作り方をしている店があるそうだから、当たってみるといいわね。あと野菜はじゃがいもとささげだけ」

「にんじんも入れないなんてシンプルね。でも美味しそう」

「ああ疲れたわ。ねえ、ウィスキーソーダを頂戴よ」

そう言って、アイリーンはソファに深く寄りかかった。ハドソン婦人はメモを読みながら「ご自分でどうぞ」とそっけない。

「ちょっと。交信するのは結構疲労するのよ？　あの子にはあんなに甘いのに」

アイリーンが毒づいたが、ハドソン婦人はふ、と軽く笑っただけで、その文句を聞き流した。

「それはアガペー？　それともエロス？」

「どっちも違うわ……多分、貴方と同じよ。それに、きっと彼もそう」

メモから顔も上げずに答えるハドソン婦人に、アイリーンは肩をすくめる。

「いやだ。ここはまるで、ゴルゴタの丘じゃないの」

長い足を組み替えながら、アイリーンが笑う。その膝に我が物顔でやってきたパグ犬が、退屈そうにあくびをひとつした。